有爱的青春陪伴者

Bunenghe Bieren
Tanlianai

不能和别人谈恋爱

FA QUE

乏雀 著

贵州出版集团
贵州人民出版社

图书在版编目（ＣＩＰ）数据

不能和别人谈恋爱/乏雀著. -- 贵阳：贵州人
民出版社，2022.12
　ISBN 978-7-221-17317-1

　Ⅰ．①不… Ⅱ．①乏… Ⅲ．①长篇小说 – 中国 – 当代
Ⅳ．①I247.5

中国版本图书馆CIP数据核字(2022)第182059号

不能和别人谈恋爱
BUNENGHEBIERENTANLIANAI
乏雀/著

出版统筹：陈继光
选题策划：大鱼文化
责任编辑：陈珊珊
特约编辑：廖　妍　文佳慧
装帧设计：Insect　唐卉婷
封面绘制：暖阳64
出版发行：贵州人民出版社（贵阳市观山湖区会展东路SOHO办公区A座
　　　　　邮编：550081）

印　　刷：长沙鸿发印务实业有限公司
开　　本：880毫米×1230毫米　1/32
字　　数：160千字
印　　张：8.5
版　　次：2022年12月第1版
印　　次：2022年12月第1次印刷
书　　号：ISBN 978-7-221-17317-1
定　　价：42.80元

贵州人民出版社微信

目录
Contents

目录
Contents

第一章

青梅竹马

-BUNENGHEBIERENTANLIANAI-

　　立秋之后 A 市的气温掐紧了夏天的尾巴，甩也甩不开。

　　窗外的空调风机还在运转，冷气从空调口吹了出来。

　　阿九做了个梦，梦到不知名的怪物袭击学校，她想去找人，却差点被黏糊糊的八爪怪物吃掉，惊醒后看了眼时间，才凌晨两点。

　　她摸摸胸口，回忆起和怪物的血盆大口擦肩而过的画面，心有余悸地打了个哆嗦。

　　空调吹得更冷了。

　　她赶紧找到遥控器把空调关了，房间里很快静了下来，梦里可怕的画面残留在脑海，越来越清晰。

阿九拉起空调被盖在头上，翻来覆去越想越睡不着，摸到手机给宋樾发了条微信。

楚酒："我刚刚梦到我们学校被怪物袭击，黏糊糊的八爪怪物，特别可怕。"

凌晨两点，按理说正常人早睡着了，但宋樾不一样。

阿九盯着手机眼巴巴地等他消息。

"叮咚"一声，微信消息很快推了进来。

宋樾："明天吃烤鱿鱼串。"

楚酒："好耶！"

楚酒："都两点多了，你今天又失眠呀？"

宋樾："做了个梦，醒了。"

阿九振奋："什么梦？你梦到什么了？"

宋樾："梦到你被怪物吃了。"

楚酒："真的假的？"

宋樾："假的。"

楚酒："……"

这个不太高明的冷笑话竟然让她稍微放松下来。

第二天一早，阿九睡得神清气爽，早忘了昨天的噩梦，睡衣还没换就要出门。

正在厨房准备早饭的谢青絮回头问："干吗去？"

"去喊阿月那个懒鬼起床。"阿九声音轻快。

谢青絮"哎"了声:"钥匙,钥匙在桌上。"

"没事儿,阿月昨天从学校回来就换了新的指纹锁,里面有我的指纹。"

谢青絮瞅着自家女儿穿着睡衣的背影,无奈地摇摇头,宋樾就是知道她老忘带钥匙才故意换的指纹锁。

阿九披头散发地出了门,对面的门紧闭着,她咬着皮筋一边扎头发,一边抽空摁上指纹,门锁响了声,她长驱直入走向卧室。

"阿月?"

"阿月你醒了没?"

"你再不醒上学要迟到了。"

她熟稔地敲了几下门,里面没动静,随后她习以为常地拧开卧室门,小心翼翼地伸进个脑袋,随便扎起来的马尾辫滑落到胸前。

屋子里窗帘拉得严实,几乎不见光,宋樾喜欢睡懒觉,买的窗帘也是遮光性最好的。

床上的被子鼓起一团,隐约能看见有人蒙在被子里睡觉。

阿九皱眉,屋子里都没光,难怪他老睡不醒,就这环境,阎王爷来了也能一觉睡到中午。

她摸了摸墙,"啪"一声打开灯,被子里的人仍旧一动不动。

"阿月,起床了。"

没反应。

"快起床，上学要迟到了，今天礼拜一有早课，还有升旗仪式呢，敢迟到你就等着下周一去讲台上念检讨吧。"

阿九一把拉开窗帘，顺便把窗户也打开透透气，接着习惯性地蹲到他床边，拍拍他蒙头的被子，碎碎念："你怎么睡觉还要用被子蒙头？这样睡觉不健康，你看你天天都睡不醒，就是因为你睡觉习惯不好……"

被子里的人翻了个身，装聋作哑。

阿九拉住他的被角："起床。"

床上的人不理她，掖紧了被角。

阿九用力拽他被子："快点起床，我妈都准备好了早饭，就等你去吃饭呢。"

被子终于被扯开，露出一头毛茸茸的栗色短发，凌乱发梢下少年睁着一双漆黑的眼睛，侧着头，面无表情地盯着她。

阿九毫不畏惧，双手撑着床沿，低头看他，一字一顿地重复："起、床。"

宋樾瞥了眼她垂落在床边的发丝，顿了下，抬手抓起枕头盖到脸上，声音含糊："五分钟。"

阿九想到昨天半夜发微信骚扰他的事儿，犹豫了一下，妥协了："好吧，那就五分钟，只能再睡五分钟。"

要不然就真的要迟到了。

为了催阿月这个懒鬼起床，她可真是费了极大的心神，年复一年日复一日，她学习都没这么坚持不懈过。

阿九环顾四周，没有钟表，只好去拿他的手机计时。他睡前把手机放在桌子上，桌边摆着各种各样的模型，都是她以前送他的生日礼物。

阿九很满意他把她送的模型摆在房间最显眼的地方，暗自决定再让他多睡一分钟。

宋樾手机里有她的指纹，她很容易就解开了他的手机锁，然后看着他的手机壁纸，沉默。

半分钟后，阿九连拖带扯地拽开宋樾盖在脸上的枕头，出奇地愤怒："宋樾，你给我起来，你竟然用我暑假过生日的照片做壁纸？"

而且还是脸上被涂满奶油的丑照片，但凡换一张好看的她也能让他再多睡两分钟。

现在还想睡？做梦！

宋樾压枕头的手一顿，枕头就这么被她丢了出去，她气急败坏地瞪着他，等他给个说得过去的解释。

他缓缓地眨了下眼，漆黑眼底朦朦胧胧的雾气散去，终于清醒了。

静默片刻，他若无其事地坐起身，拎了拎睡衣领口，淡定说："你认错人了。"

"我能认错我自己？"她指着自己的鼻子。

宋樾看她："晚上请你吃火锅。"

"我要吃烤肉。"

"哦，那就吃烤肉。"他拉着被子重新躺回去，闭上眼，"我再睡五分钟。"

算了，看在烤肉的面子上，这次就先不跟他计较了。

阿九和宋樾从小一起长大，从幼儿园开始就一起上下学，他俩认识这么多年彼此都知根知底，关系极好，衣食住行除了"住"其他三个全齐了。

阿九父母早年离异，她跟了母亲谢青絮，外公外婆姨姨舅舅对她也很好，她不缺爱，而且每年寒假爸爸都会接她过去住一个月，因此性格开朗又阳光。

相比起来，反倒是宋樾可怜些。宋樾父母常年不在家，雇了个信得过的保姆照顾他。这夫妻俩早年就和谢青絮认识，把宋樾丢在家他们也放心。

宋樾勉强算是谢青絮带大的，从某种程度上来说，说宋樾是谢青絮半个儿子也不为过。

谢青絮每次心血来潮替阿九买新衣服时也会给宋樾带一套同款。

宋樾今天穿了件白色印猫短袖，没穿蓝色校服，放在椅背上挂着，额前的栗色短发微卷，稍稍遮眉，长睫毛耷拉着，黑色的眸半睁，没睡醒的模样。

阿九低头看看自己穿的白色印狗短袖，苦恼地叹了口气。

宋樾抬了下眼皮。

谢青絮刚从厨房盛粥出来，就听到她叹气，狐疑地瞥她："大早上的叹什么气？"

"妈，你下次要是给我买新衣服就买件别的颜色的 T 恤吧。"

"怎么，白色配不上你了？"

"不，是我配不上白色这么高贵的颜色。"阿九揪着自己的衣服说，"你看，笔墨都弄到衣服上了，难洗。"

"那你就注意点别总把笔墨弄到衣服上。"谢青絮眼皮都没抬一下，放下粥和筷子。

"可是阿月衣服上也有。"阿九蹭到满脸怏怏的宋樾身边，拎着他胸口的衣服说，"你看，他衣服上的笔墨比我还多。"

宋樾偏了偏头，避开她挨过来的头发。

"小樾的衣服又不要我洗。"谢青絮拍掉阿九的手，停顿了一下，眯眼盯着她，"小樾衣服上的笔墨是不是你弄出来的？我昨天看你在沙发那边乱涂乱画的时候画笔掉到小樾身上了。"

阿九脸色一僵，老老实实地坐回去低头喝粥，转移话题："哈哈，妈，今天的粥真好喝，好喝。"

谢青絮没和她计较这点小事，给她转了一笔钱让她有时间自己去买衣服。

阿九美滋滋地收下，出门的时候才想起来另一件事，戳了戳宋樾的背。

"阿月，你穿的还是昨天那件衣服？"她指指点点，"你昨天竟然没洗澡。"

宋樾正蹲着解自行车的锁，"咔嗒"一声，他单手拎着锁扔进车篓子里，没什么表情地睨着她："我就这一件衣服？"

"啊？"

"专门供你尊贵的笔涂涂画画。"

"……"

听懂了，他是在嘲讽她每次转笔都会把笔转脱手，然后笔掉到他衣服上……总之，他衣服上的笔墨都是她搞出来的，还不只一件。

他的确是换衣服了，但几乎每件衣服都有她造作的痕迹。

这么一想，还挺对不起他的。

为了表示歉意，阿九决定今天她骑车载他，被他拒绝了。

阿九坐在后座，单手抱着他的腰说："是你不要我载你的，不是我不载你的哦。"

宋樾没搭理她，过了一会儿才说："周末去给你买辆新车。"

"干吗买新的呀？多浪费钱。"

"你自己骑车。"

"为什么？"阿九摸摸自己肚子上的肉，自言自语，"我长胖了？太重了，你载不动了？"

宋樾垂眼看了看她从后面绕过来的手，不置可否地"嗯"了声。

"'嗯'什么？你说我胖？"

"那你得问我的车。"

"你的车又没长嘴。"

"你回头给它画张嘴。"

"那它也不能说话啊，又不是《西游记》里的妖怪。"

"《西游记》里也没有自行车妖怪。"

"……"

从家到学校顶多十分钟的车程，没有红绿灯就八分钟，遇上红绿灯就十分钟。

此时，恰好红灯。

阿九还在追问为什么要买新车，旁边有人骑车停下，兴致勃勃地打了声招呼。

"哟，早啊，你俩又穿亲子装呢？"

阿九听着这声音就知道是谁，没好气地强调："我们穿的是校服，校服！"

亲子装听起来好像长辈和小孩，她和宋樾明明是同龄人。

"那就是校服款亲子装。"

"周不醒！"

周不醒是小学五年级才搬到附近的，初中三年都和宋樾一个班，到了高中还是一个班，真不愧是胜似亲兄弟的好兄弟，于是连带着阿九也和他分外熟稔。

听见她恼羞成怒的声音，周不醒自觉地做了个闭嘴的动作，笑嘻嘻地扭头看向宋樾："阿月今天又没睡醒啊？"

阿九小声嘀咕："他天天都睡不醒。"

周不醒神秘兮兮地凑近："昨天我推的那两部电影怎么样？"

阿月昨天是在熬夜看电影？什么电影？看电影看到失眠吗？

阿九立刻竖起耳朵。

宋樾冷淡地看了眼周不醒，周不醒夸张地比画了一下："《死神来了》，老片了，但很刺激。"

阿九还没来得及说什么，绿灯亮起，宋樾直接骑车走了，阿九下意识地重新抱住他的腰。

周不醒踩着脚踏车追上来："阿月，明天晚上没课去你家看电影啊。"

宋樾家里有一间单独的电影房，不过他不常用，大多时候都是被阿九和周不醒霸占着，而他在隔壁睡觉，偶尔还会被时不时传出的尖叫声吵醒。

通常这个时候他会直接把周不醒扫地出门。

宋樾想到周不醒看恐怖片时胆小瘾大的表现，遂冷冰冰吐出俩字："不看。"

"为什么？"

"费电。"还吵耳朵。

周不醒无语："我给你付电费行不？"

"不行。"阿九插嘴，"阿月晚上要和我一起去吃烤肉。"

"那就吃完烤肉再回来看电影呗。"周不醒计划得有条有理，"又不耽误事儿，正好晚上看电影才有气氛。"

阿九义正词严："不行，马上就月考了，你们怎么能沉溺玩乐？像我，昨天就刷了两套卷子才睡觉。"

周不醒："？"那你们去吃烤肉就不算沉溺玩乐了？

为了白蹭宋樾家的电影房，周不醒绝不会轻易放弃，遂将他的三寸不烂之舌发挥到极致，可还是没能说服他俩一起看电影，最后干脆破罐子破摔："你俩怎么回事，吃烤肉有这么重要？又不是没吃过，搞得好像第一次约会……不会真的是去约会吧？打扰了，别管我，你们今晚好好玩，尽情玩。"

正好到学校门口，阿九跳下车，朝着周不醒丢了个书包。

周不醒蛇形走位顺利躲开，来去如风，跑得极快。

阿九刚想追上去，脑袋就被人用大掌扣住了。

宋樾抬手摁住她的脑袋，把她脸掰过来，面无表情地盯着她说："你丢的是我的书包。"

阿九："……"

阿九理亏，乖乖把书包捡回来拍拍。

在楼梯口分开的时候，阿九忽然想起周不醒的话，总觉得有点不放心，忍不住开口叮嘱宋樾："阿月，你别忘了晚上要和我去约会。"

宋樾转身上楼的动作一顿，缓缓回头看她。

旁边经过的两个同学刚好认识宋樾，八卦之心熊熊燃烧——

阿九话说完才意识到刚才说了什么，张了张嘴，干巴巴地试图挽救："我、我是说不带周不醒一起。"

旁边两个同学脸上缓缓浮现出"果然如此"的表情，然后逐渐变得兴奋。

宋樾脚步停下，转身看向慢慢涨红了脸的她，若有所思地挑了下眉。

阿九："……"

她刚才在说些什么啊？

要被自己气死。

都怪周不醒那个家伙说的什么约会，害得她词不达意。

"哦？"

"他就说'哦'？"

"他真就说了一个字？"

阿九趴在桌子上，转头看着自己初中就认识的同桌云渺，有气无力地点了点头，垂着脑袋，像是霜打的茄子。

云渺和阿九认识三年多，分外了解她和宋樾青梅竹马的关系，考虑到他俩日常相处的模式，又觉得好像不是那么离谱。

于是云渺沉默两秒钟，拍拍她的肩，安慰道："没关系，要是换了别人，宋樾肯定连个'哦'字都懒得说。"

好像有点道理！

云渺挨过去又问："哎，你刚才说你们晚上去吃烤肉？"

"对啊，阿月请客。"

"去哪儿吃啊？步行街上个月开了家新的烤肉店，生意特别好。"

云渺兴致勃勃给阿九推荐新开的烤肉店，其热情程度竟然让阿九感到莫名的恐慌。

"等等，你让我们去那家店吃烤肉是不是别有目的？"

"怎么会呢，我是那种出卖好姐妹的人吗？"

"你是。"

"我不是。"

"你是。"

"好吧，我是。"云渺厚着脸皮坦白，"因为我哥在那家店做兼职，客人多办一张会员卡他就能多拿一份提成。"

"……"

为了给自家哥哥多送几份提成，云渺费了好大的劲儿才说服阿九晚上去新开的烤肉店消费，并且承诺以后拿到的零食要分阿九一半。

云渺提议喊朋友一块儿去吃烤肉，阿九想到上午和宋樾分开时的尴尬对话，顿时又觉得云渺这个主意不错。

人一多，不就不尴尬了吗？

得知聚餐吃烤肉的周不醒也跟着凑了个热闹，最后一伙人共办了七八张烤肉店的会员卡，吃饱喝足后还拍照发朋友圈。

发朋友圈打9.5折。

阿九为了给宋樾省点钱，一连拍了二十几张照片，挑了九张发了个九宫格朋友圈，最中间的就是宋樾那张三百六十度无死角的帅脸。

他这张脸摆在那儿，色香味俱全的烤肉都要为之失色。

阿九举着手机向一脸无趣的宋樾邀功："阿月，看看我给你拍的照片好不好看？我拍照水平真棒。"

宋樾瞥了眼，懒得跟她讨论这个话题："手机收起来，上车。"

"我再发一条朋友圈，就一条，给我五秒钟。"

"五……"

阿九的手指飞快地敲击着手机，点击发送，嘴上不忘提醒："我给你单独发了个朋友圈，也就你才有这个待遇了。"

"我谢谢你。"

"你不看看吗？"

"不看。"

"你看，你快点看，我给你拍得可好看了，比你拍的我满脸奶油那张好看一千倍。"

宋樾哼笑，按了下车铃："还上不上车？我走了啊。"

阿九可不想大半夜走回家，连忙收起手机坐上后座，习惯性去抱他的腰。

宋樾动作一顿。

阿九等了会儿也没等到他骑车，催促道："你愣着干吗，刚才还催我，现在你自己不动了。"

宋樾保持着诡异的沉默，阿九觉得有点奇怪，倒也没太在意，只当他困了，反正他困的时候就是不喜欢说话。

她一只手抱着他的腰，一只手点开朋友圈慢吞吞回复底下的评论。

周不醒："你们俩人呢？我就上个厕所出来你们俩就没人影了？？？"

阿九："当然是回家了。放心，阿月已经结过账了。"

云渺："哇，阿九你把我拍得真好看，我要偷图发朋友圈。"

阿九："随便发随便发。"

班长："欸？你们去的是步行街那家新烤肉店？"

阿九："是啊是啊。"

一班班长："听说那家新烤肉店来了个帅哥，真的很帅吗？"

阿九："还好啦，没有你们班宋樾帅。"

宋叔宋姨："怎么就点这些东西？钱花完了？等着，给你们打钱。"

阿九："够了够了，花不完了！"

谢青絮："小樾左手袖子上的辣椒油是不是你弄出来的？"

阿九："……"

这都能看出来那是辣椒油？我妈真是火眼金睛。

阿九讪讪地关了手机，一抬头发现附近的景色不太对，左看右看，越看越不对劲。

"阿月，这好像不是回去的路。"

宋樾"哦"了一声："确实不是。"

阿九瞅了瞅灯火通明的商场和满目琳琅的店铺，拽着他的衣服警惕道："那你要带我去哪儿？"

"卖了你。"

"哦。"阿九说，"我八你二。"

"五五分。"

"七三分。"

"五五分。"

"六四分。"

"五五分。"

二人因分歧而争论不休，最终阿九败下阵来，因为宋樾在一家车行门口停了下来。

　　阿九对宋樾说话不算数提前买车的行为表示谴责，并且愤怒地选了一辆粉色的自行车。

　　等宋樾付完钱之后她霸占了旧车，让宋樾骑那辆粉色的新车。

　　宋樾："……"

　　宋樾眯眼："你故意的吧？"

　　阿九假装没听见。

　　宋樾冷笑着揪掉她扎头发的蓝紫色发绳，阿九正心虚着，没敢跟他争执，就这么迎着晚风披头散发地骑车回家。

　　回去的路上宋樾顺便买了两瓶黑色油漆喷雾，蹲在小区楼下将粉色一点点喷成深沉的黑色。

　　阿九抱着宋樾的书包围着新自行车转了一圈，突然有点心动："好酷啊，阿月，黑色好酷。"

　　宋樾揪着她后背的书包带子把她提回来，警告："别碰，漆还没干。"

　　阿九眼巴巴地望着他："明天能干吗？"

　　"不知道。"

　　"明天要是漆干了，我能不能骑新车？"

　　"不能。"

　　"为什么？"

　　宋樾把她拎上楼，抽掉她怀里的书包，关门前丢下一句让人无法反驳的话："因为车是我花钱买的。"

阿九失望地回家。

进门之后手机就开始不停地振动，宋樾扫了眼微信，看见周不醒发了好些消息，便随手发了个表情包算作回复，然后熄屏洗澡。

周不醒孜孜不倦地发消息。

周不醒："周末去你家看电影，咱班长找到两盘老光碟。"

周不醒："你干吗呢？怎么这么敷衍，就回我个表情包？"

周不醒："你这个表情包过分可爱了，不符合你的风格啊。"

周不醒："不会又是从楚小九那里偷来的吧？"

周不醒："啧啧，青梅竹马了不起，咱好酸喏。"

宋樾洗完澡出来时就听见手机叮叮咚咚响个不停，皱了下眉。

恰好周不醒发来最后两条消息。

周不醒："你不回就是默认了啊，周末去你家看电影。"

周不醒："哦，对了你上午说要去买车，周六还是周日来着？我给你参考参考，我前几天看到两款还挺酷的。"

宋樾擦了擦头发，慢腾腾地单手打字。

宋樾："买过了。"

周不醒："你什么时候买的？"

宋樾："今天。"

周不醒："我还以为你们约会去了？"

宋樾："给你五秒钟。"

周不醒撤回了一条消息。

周不醒："你们买的车什么样儿的？"

宋樾："粉的。"

周不醒："……"

宋樾可以想象得到手机那头的周不醒会笑成什么样，上次周不醒发现他书包上挂了个粉色月亮的时候就笑得停不下来，最后还被物理老师撵去走廊罚站。

过了没多久，周不醒大概是笑够了，重新发来微信。

周不醒："那你以后就不能和你的青梅竹马骑一辆车了，不后悔？"

周不醒："兄弟帮你。"

宋樾："要你帮？"

周不醒："嘿呀，你还不信，兄弟这么多年是白做的吗？"

周不醒："你等着，等兄弟回来保证给你干成这事儿。"

他能干成什么事儿？不添乱就不错了。

宋樾懒得理他，手指滑出微信，狭长的眼尾微微耷拉着，无意间瞥见老老实实挂在单肩包上的粉色月亮。

他转过头，又看了看扔在桌子上还没用完的两瓶黑色油漆喷雾，开始思考要不要把粉色月亮也喷成黑色。

而后作罢。

要是被阿九看见，她会在他耳边碎碎念一整天。

正想着，阿九的微信消息就推送进来了。

阿九："阿月，我们今天忘了点烤鱿鱼串。"

宋樾回忆了一下，凌晨两点阿九被噩梦吓醒，他说要请她吃烤鱿鱼串，是有这么回事来着。

于是他倚着床头，不紧不慢地敲下一个字。

宋樾："哦。"

阿九："明天去吃烤鱿鱼串吧？"

阿九："我要吃十串！"

阿九："五串加普通辣，五串加重辣。"

阿九："我还想吃小龙虾。"

阿九："蒜蓉麻辣干煸的我都想吃。"

想得还挺多。

宋樾嗤声，单手撑腮漫不经心地等了会儿，确定她这次是真的没有新消息后才慢悠悠地敲字。

宋樾："撑死你算了。"

阿九没回，大概是去洗澡了。

宋樾转了圈手机，有点无聊，想到阿九晚上举着手机凑过来邀功的模样，动作一顿，顺手点开朋友圈，第一条就是周不醒嘲笑他买了辆粉色自行车，自动忽略。

下一条是阿九专门给他发的朋友圈独照，拍的是他低头给她弄蘸料的侧脸。

凭良心说，拍得确实还可以，她还故意在镜头前伸出两根手指比了个"耶"挡住他四分之一的脸。

宋樾瞅了两眼，面不改色地给她这条朋友圈点了个赞，然后切回聊天界面回她。

宋樾："还不错。"

第二天一早阿九按照惯例去叫他起床，随后飞奔下楼看看新车的漆干了没有。

天气热也就这么点好处，东西都干得快。

阿九为了亲自感受一下黑车的炫酷，一早上都在言不由衷地狂夸宋樾。

"阿月这么好看，肯定人美心善啦。"

"阿月声音这么好听，骂人都好听。"

"阿月手这么漂亮，都可以去当手模了呢。"

"阿月衣品这么好，随便搭什么衣服都特别有气质。"

"阿月……"

"阿月……"

夸了一早上，连谢青絮都听不下去了，没等她放下筷子就把人赶去上学："都快迟到了还搁这儿慢腾腾磨蹭？"

阿九只好颠颠地跟着宋樾下楼，手指拽着他书包上的粉色月亮，意有所指地说："阿月，我好撑呀，今天骑不动车了。"

言下之意就是想白蹭他那辆炫酷的黑车。

宋樾拿钥匙，油盐不进："那你就走去学校，正好消消食。"

"我可以一边推小黑上学，一边走路上学。"

"小黑是谁？"

"你的新车啊。"

宋樾无语，满脸都是"我从没见过谁会给自行车起名字，但如果你真的想起名字能不能起个正经点的名字"。

阿九没能说服他，只好幽怨地骑着小旧车去上学，路上遇见周不醒，盯着他俩的车瞅了半天。

"不是说买了个粉色的车吗？怎么变成黑色的了？"

"他自己喷成黑色的。"阿九哼了声，"他可宝贝新车了，连我都不让骑。"

宋樾瞥她，谁不让她骑了？是她自个儿昨天不要小粉车的。

现在想要？迟了。

周不醒"哎呀"一声，贱兮兮地说："这不简单吗？"

"简单什么？"阿九问，"什么简单？"

周不醒神秘兮兮不说话，阿九也就没太在意，反正周不醒就这样，小乱不停搞，大乱没惹过。

宋樾算是比较了解周不醒的，知道他根本不安好心，遂警告了句："少捣乱。"

周不醒拍着胸脯保证："我会拿兄弟的幸福捣乱吗？"

"你会。"

"……"

事实证明，宋樾的警惕不是没有道理的。

阿九放学后发现她的车链条断了。

她本来以为这是一次意外，推着车去修车铺修好了链条，第二天放学又发现车轮胎爆了。

"我有这么倒霉吗？"

宋樾脸色有点微妙，偏头去看装得一本正经的周不醒。

周不醒仰头望天："唉，楚小九最近可能运势不佳吧，改天去找小王算个卦呗。"

阿九不信邪，把车推去修车铺换了个新轮胎。

第三天，自行车后车轮整个被人给卸了，只留下空荡荡的车架子和一个前轮胎，风中萧瑟，回头率十足。

阿九："……"

阿九怒了："谁这么缺德偷我车轮？！车轮能值几个钱，这是专门盯上我了吧？！"

后面缺德的周不醒假装没有听见，扬声对阿九说："既然车坏了，今天就让阿月带你回去呗。"

说完，他又压低声音对宋樾说："兄弟只能帮你到这儿了，把握机会啊。"

宋樾头疼地闭了闭眼。

这成事不足败事有余的兄弟不要也罢。

阿九把这事儿记在心里，接下来一个礼拜都在暗自寻找偷车贼，没有结果。

"偷车贼太过分了。"阿九坐在宋樾的车后座，抱怨，"他怎么能只卸我们车的车轮？要偷就公平点嘛，只偷我们的车，实在是太过分了。"

"是你的车。"宋樾懒洋洋地纠正，"不包括我。"

"可是我的车就是你的车，有区别吗？"

"有区别。"

"有什么区别？"

"给你的就是你的。"宋樾捏了下车闸，避开两个刚放学的小朋友。

"但那是你花钱买的。"阿九脑袋抵着他后背，没注意到他微微绷起的身体，嘀咕，"你花钱买的车，就算是给我了，那也有你一半的份儿呢。"

周不醒假装不知道偷车贼是谁，反而义正词严地谴责道："楚小九说得对，比如说啊，阿月你以后要是有了孩子，就算你和你老婆离婚，孩子最后判给了你老婆，那孩子身上也还是流着你一半的血，你总不能说离了婚这孩子就不是你的了，是吧？"

宋樾看他一眼，反问："谁说我会和我老婆离婚了？"

周不醒："？"

周不醒："我就是打个比方。"

他怎么还当真了呢？而且，重点搞偏了吧？

阿九一听这个话也忍不住跟了句："周不醒说得对哦，阿月你怎么就知道你不会和你以后的老婆离婚？万一你未来老婆不爱你了非要跟你离婚怎么办？"

宋樾松开一只手，反手摁住她脑袋，用力压了下，没好气地说："你少说话。"

"为什么不让我说话？"阿九不服气，"我哪里说错了？我说得很有道理呀。"

"有个鬼的道理。"顿了下，宋樾又说，"我以后跟你离婚吗？"

阿九愣了下，听见周不醒爆笑的声音，无辜地眨巴眨巴眼睛，看着宋樾穿着校服的背影，拖长声音"哦"了声，一点点戳他的脊梁骨。

"阿月，你是不是害怕你以后找不到老婆？哎呀，你放心，你这个条件摆在这儿，日后想嫁给你的女孩多得咱们学校都装不下。"

周不醒挤眼睛："那包不包括你？"

"当然不……"阿九不知道为什么卡了一瞬，声音心虚地低了下来，"不、不包括啊！"

她为什么要心虚？

阿九莫名地蒙了下，摸摸脸，有点热。

宋樾语气平淡："不包括就不包括，你戳我脊梁骨干什么？"

阿九回过神，收起手，嘴硬道："看你脊梁骨那么挺拔笔直，我随便戳戳。"

宋樾嗤笑："戳坏了以后你负责。"

阿九晃了下腿："我负责就我负责，也就我不会嫌弃你了。"

"这句话倒过来说才对。"

只有他才不会嫌弃她。

周不醒重重叹了口气，怜悯地瞄了眼宋樾平静的侧脸，摇摇头，意有所指地说："路途艰辛啊。"

因为卸车轮这事儿，阿九恢复了往日蹭宋樾后座的好日子。

有一次宋樾提起再买辆车，被她大义凛然地反驳回去："万一又被偷了呢？我看那个偷车贼就是看我好欺负，只逮着我一个人薅羊毛。"

虽然事实和她说的相差十万八千里，但她确实说对了一个点。

周不醒的确只逮着一个人薅羊毛，与其浪费钱去买车，倒不如先把周不醒打一顿，把人打老实了什么事儿都没有。

但宋樾向来擅长扮演"人不犯我我不犯人"的好孩子——当然主要还是因为他懒，懒得和别人计较。

这一点阿九深有体会。

从小到大，她就没见宋樾发过几次脾气，总的来说倒也不是没有，只是太少了，少到她都快忘了宋樾也是个有脾气的人。

阿九和宋樾从幼儿园开始就是一个班，到了初中才分班。

学校初中有两个尖子班，第一名一班，第二名二班，第三名一班，第四名二班……那会儿学校按照这种名次分班制，初中三年阿九和宋樾都没分到一个班。

初中阿九的第一个新同桌是个满脸青春痘的小男生，喜欢看小电影和漫画，小男生那时候不以为然，时常拿一些不入流的小玩笑去逗阿九。

阿九觉得他好讨厌，反驳过几次，但班里的每个人都表现得好像没什么的样子，后来她就忍不住想是不是自己太小气开不起玩笑，为此郁闷了好一阵子，回家之后连话都少了。

宋樾是第一个注意到她不对劲的，问了几次她都憋着不想说，便也反常地没再问。

直到有一天放学，宋樾说有事让她先回家，她走到一半觉得不放心又返回学校，看见她们班的门和窗户都被关上，教室里反常地竟然还有人在背书。

她觉得奇怪，悄悄从门缝往里看，吓了一大跳。

周不醒带着他的小跟班们坐在桌子上声情并茂地背书，漫画书撒了一地，班里好些桌椅都乱了，唯独她的桌椅还好好地立在原地，宋樾就站在人群中央。

那是阿九第一次看见宋樾发脾气，少年的身形瘦长单薄，脸色沉冷，一双眼睛黑得像渗透在冰块里的墨水，雾气蒙蒙又冰冷骇人。

那件事她没有告诉任何人，连宋樾都不知道那天她偷偷地回去了。

第二天，宋樾依旧顶着一张睡不醒的脸，她去喊他起床，他拿被子捂头，摆出一副不听不听的懒人模样，她宽容地让他多睡了半小时，结果两人都迟到了，被老师罚在走廊站了一整节课。

宋樾脸色超黑，周身气压极低，乌云罩顶。

几步之隔的阿九反而笑容满面，周身都像是用了繁花盛开的特效，慢慢地、慢慢地，就这么悄无声息地驱散了宋樾周身阴沉的乌云。

那天之后，班里再也没人敢乱开她的玩笑。

阿九想起这件事的契机是班里又有人对着女孩子开了个黄色玩笑，她没忍着，直接拿了一本书摔到那个男生脸上。

云渺拍手叫好。

开玩笑的男生讪讪闭嘴，回头继续和朋友聊天，假装什么事都没发生。

阿九把丢出去的书捡回来，云渺拍拍她的肩膀，指了指窗外说："宋樾刚才来了。"

"阿月？"

"嗯，应该正好看见你丢书了吧。"云渺也不确定。

她抬头时就看见宋樾已经站在窗外了，正似笑非笑地瞧着背对他的阿九。

少年周身清爽干净，背着光，连头发丝都染着光，唯独一双黑眸笼罩着神秘。

阿九没太在意，把书放回桌上，自言自语："一班不是在楼上吗？他下来干吗？"

说着，她将上半身伸出窗外，正好看见宋樾从这层楼的办公室里出来。

那边就有一个楼梯口，他本来应该从那上楼就行，但他暂时没走，反而抬头看了一眼，恰好对上阿九望过去的目光。

宋樾动作一顿，黑色眼底映出她小小的笑脸。

很小很小的一个影子，在他眼里却比世间万物都要清晰。

"阿月，你下来干吗呀？"她伸出一条纤细的手臂，挥了挥。

宋樾定定看了她片刻，不知道想到什么，慢慢翘起嘴角，不疾不徐地朝着她所在的方向走来。

他卷起刚从办公室拿来的一套卷子，轻轻敲了下她伸出的脑袋，漫不经心地答："来拿物理卷子。"

"我记得你们班物理课代表是周不醒吧，你又不是物理课代表，干吗要你来拿卷子？这不是使唤人吗？"她嘟囔。

还能为什么？

当然是为了顺路看看她在干吗。

宋樾没说话，又敲了下她脑袋："我走了。"

阿九："哦。"

宋樾走出半步，又回头，低眸看向拽着他校服袖子的白皙手指，像极了家里那只她硬塞给他的奶油白小夹子。

他目光上移，定在她脸上，轻轻挑了下眉，意思是"你拽我袖子干吗"。

阿九睁着一双无辜的圆眼，认真提议道："阿月，晚上我请你吃饭吧。"

他一脸淡定："你又想要我给你买什么？"

阿九睁大眼睛："我是那种人吗？"

他用眼神回答了她。

阿九对自己以往的各种恶劣行为感到羞愧，于是她一本正经地说："我是觉得你每天都要骑车带我上学，周末还要辅导我物理，肯定很累，所以我想请你吃顿饭贿赂你一下，毕竟你以后还要带我上学，周末还要继续辅导我物理呢。"

宋樾眼尾轻扬，目光上上下下打量着她，似乎是在斟酌她此举究竟还有什么别的意思。

但没斟酌出来。

兵来将挡，水来土掩，随便她闹吧。

"明天周六，要上学你自己来，我要睡觉。"

对哦，明天周六。

阿九咳嗽一声，不死心地拽着他袖子，坚持说："我不管，反正我晚上就要请你吃饭。"

宋樾盯着她看了会儿，她睁着一双明亮的圆眼坦荡地望着他。

算了，她想请就请吧。

上课铃响了。

阿九松开手，催促道："好了好了，要上课了，你快走吧。"

宋樾："……"

她还真是翻脸不认人。

想是这么想，进班之前他的嘴角却一直往上翘起。

第二章 爱心鬆鬆

-BUNENGHEBIERENTANLIANAI-

　　这次月考之后阿九犯了个小错误，谢青絮把她零花钱都给扣了，失去财务自由的阿九只好去磨宋樾。

　　宋樾一局游戏还没打完，随口问她："你干了什么青姨会扣你零花钱？"

　　阿九乖乖坐在他对面，一本正经地说："其实我是为人类的进步和科技发展作出了贡献……"

　　"说人话。"

　　"我手机掉水里了。"阿九委委屈屈，"我月考成绩不是挺好的嘛，昨天和渺渺出去玩，没注意把手机丢水里了。我妈把我这个月的零花钱都扣了买新手机，现在我没零花钱了。"

说完，她眼巴巴地望着他："阿月，你就借我五百块钱嘛……两百也行。"

宋樾撩起眼皮看了她一眼，游戏正好结束，他把脖子上挂着的黑色耳机放在桌子上，单脚抵着桌脚往后一用力，转椅随之转动。

阿九的眼珠子也跟着他的椅子转动，圆眼睛闪闪地望着他。

"想买什么？"他起身，拎起外套。

阿九一看他这动作就知道有戏，屁颠颠跟着他往外走，掰着手指头细数："我想买条秋天能穿的裙子，还有最近太阳好大，我想再买顶遮阳帽，对了，我的防晒霜也用完了，还要买防晒霜和喷雾。"

她滔滔不绝地补充着："我还想喝奶茶吃冰激凌，网上还有两个手办尾款没付呢，明天再不补尾款就迟了……"

宋樾抬手摁住她的脑袋："你要买的东西加起来不止五百了吧。"

阿九闭上嘴巴，偷偷觑他，随后对对手指小声说："那……那你多借我点？"

宋樾抓了抓她脑袋上的丸子小鬏鬏，手感不错，没说借也没说不借。

最后还是去商场里逛了一圈，阿九买东西时，他就坐在外面的休息椅上打游戏，游戏打到一半时，他的发顶微沉，眼前视线略暗。

他抬起眼，目光从手机转移到阿九脸上。

她双手叉腰，打量着他头上黑色的棒球帽，看着看着似乎觉得哪里不太满意，伸手拨了拨他耳边的碎发，随后退开半步，满意地点头："我就知道你戴这个帽子好看。"

耳尖残留着女孩手指的微凉触感。

宋樾神色不动地收起手机："看好了？"

看好就该去付钱了。

阿九摇了摇头，有点纠结："我看中两条裙子，但不知道买哪条。"

"那就都买了。"他垂眸睨她，"东西拿着，我去结账。"

阿九欢呼："阿月，以后你的女朋友一定特别幸福。"

"你知道就好。"

"什么？"

宋樾定定看了她两秒钟，移开目光，散漫道："没什么，还要不要结账？"

阿九立马忘了上一个话题："结结结！"

大概是乌鸦嘴吧，阿九美滋滋地买完冰激凌回来时，恰好看见两个陌生女孩子问宋樾要微信。

哦吼！

她犹豫了一下，偷偷往后面藏了藏，没让他们看见自己。她左右手各一个冰激凌，眼睛直勾勾盯着前面，嘴上却不忘啃一口左手里的草莓味冰激凌。

好像不怎么甜。她忍不住想，下次不买这家的冰激凌了。

宋樾脸上没什么表情，不知道他说了什么，围着他的两个女孩子很快就失望地离开了，走之前还回头看了一眼。

阿九总觉得他们看见自己了。

她迟疑地又咬了口冰激凌，这次感觉比之前的甜了点，然后就看见宋樾朝她所在的方向走来。

"私吞冰激凌？"他揪了下她脑袋上的丸子小鬏揪。

似乎是觉得这个鬏鬏很有趣，他多捏了两下。

阿九摇头晃脑试图躲避他作乱的手，反驳说："我只吃了我自己的，你的我没吃。"

她把右手那只冰激凌递给他，瞧着他低头玩她"小丸子"的模样，不知道为什么突然晃了下神。

阿月是真的好看，栗色的短发，精致的五官，清爽干净的气质，少年感十足，却又不会显得稚嫩。

难怪走在路上都会被女孩子要微信呢。

阿九多瞅了他两眼，忍不住想，阿月不说话的时候是个帅气的冷漠少年，说话的时候又是个懒散的恶劣少年。

但他确实很好看啊，好看到她看了这么多年也不会觉得审美疲劳。

宋樾没有立刻拿过冰激凌，反而就着她的手势低头咬掉冰激凌上面的尖尖，手还停在她脑袋的"小丸子"上，好像突然之间打开了新世界，还捏上瘾了。

她憋了两秒钟，一把将冰激凌塞进他手里："你还捏我的鬏鬏？捏坏了你赔我？"

宋樾一手拿着冰激凌，一手继续捏着她的小鬏鬏："我赔就我赔呗，你想怎么赔？"

阿九绞尽脑汁也只能想到："你要是把我小鬏鬏弄坏了，你就给我重新扎个新的。"

他一个男生懂什么扎头发？更何况还是"小丸子"这种技术性的发型。

宋樾倒是没说什么，收回手之前，他还是多捏了两下她的小鬏鬏。

晚上吃饭的时候，谢青絮特地提起他俩下午出去逛街的事儿："小樾，阿九下午又让你给她买了些什么东西。"

阿九吃饭的动作一顿，从桌子底下踢了踢宋樾的小腿，侧着头，在谢青絮看不见的角度冲宋樾挤眉弄眼。

宋樾想了想，波澜不惊地说："买了两个冰激凌。"

"只有两个冰激凌？"

宋樾目光飘了一瞬："嗯。"

阿九见他没出卖自己，松了口气。

下一秒，谢青絮温柔地笑了起来："如果只买了两个冰激凌，阿九为什么会在桌子底下心虚地拿脚踢你？"

宋樾："？"

阿九："？"

为什么我妈知道我踢他！

谢青絮放下筷子，柔和地看着阿九："是不是想知道为什么我知道你干了什么？"

阿九："也不是很想知……"

谢青絮没给她说完的机会："你踢错人了。"

阿九："……"

阿九以迅雷不及掩耳之势夹了一筷子青椒炒蛋，脸颊鼓鼓，然后攥着筷子拔腿就跑。

谢青絮刚站起身，还没抄东西追过去，宋樾就倾出上半身假装无意地拦住她："青姨，我刚才就想说，今晚的水煮鱼特别好吃，是不是在菜市场买的新鲜黑鱼？"

谢青絮被他拦着，眼睁睁看着自家女儿跑进卧室关门上锁，气笑了，又低头看了看若无其事坐回去吃饭的宋樾，实在没忍住："你就惯着她吧，比我还惯着她！"

宋樾笑了笑，没说话。

谁让她是阿九呢。

晚饭事件后，阿九的生活越来越窘迫，谢青絮甚至盯着宋樾不许多给她花钱，不然两人都没饭吃。

为了不继续连累宋樾，阿九只好努力减少惹麻烦的次数，只是每次下课都没办法去小卖部买零食，这让她十分忧伤。

作为难姐难妹的云渺对此表示："我可以买给你呀！"

可是云渺不是宋樾。阿九可以毫无心理负担地蹭青梅竹马的零花钱，却不能总蹭朋友的小零嘴，便只能悄悄忍下买零嘴的欲望。

在她又一次趴在桌上哀叹不能享受买零食的快乐，并且生无可恋地表示为什么不能天降零食时，突然有东西从窗外飞了进来，正好砸到她脑袋。

阿九抬头，桌子上扔着几包小零食，她看向窗外，眼底都泛着光。

宋樾双手搭在窗沿上，骨节修长且干净，笑着看阿九："馋了啊？"

阿九乖乖点头。

他不知道又从哪儿摸出来两罐原味旺仔牛奶、两瓶养乐多、一板 AD 钙奶，还有两根冰棍。

阿九睁大眼睛，满眼冒出闪亮的特效小星星。

宋樾伸出两根手指，朝她勾勾手。

　　早已习惯他最近新乐趣的阿九颠颠地将脑袋伸过去。

　　宋樾满意地捏捏她脑袋上的小鬏鬏，然后在周围人促狭的目光中慢吞吞地拍拍她脑门："快上课了，我走了。"

　　阿九恋恋不舍："那你明天还要来哦。"

　　宋樾嗤笑："你是想我来还是想我给你买的零食？"

　　"当然是想你来了。"阿九义正词严，"零食怎么能和你比？你在我眼里可是独一无二的存在！"独一无二的可以天降零食的神一样的存在。

　　等宋樾走了之后，云渺才慢慢收回咧到耳朵根的笑，别有所指地捅了捅阿九的胳膊："哎，你真对宋樾没意思？"

　　"什么意思？"阿九忙着拆零食。

　　"就这个那个的意思啊。"

　　阿九一脸茫然，顺手递给她一瓶旺仔牛奶和一瓶养乐多。

　　云渺"啧"了声："算了吧，这是你们家宋樾给你的，我才不好意思拿呢。"

　　阿九没有否认"你们家宋樾"的说法。

　　她从小就听别人这么调侃她和宋樾，宋樾本人都不在乎，她也就习惯了。

　　阿九靠宋樾的接济勉强度过了艰难的一个月，当下个月初零花钱刚一到账，她就拉着云渺一起去逛街，想给宋樾买个礼物。

云渺一边给自家哥哥发微信，一边问阿九："你知道要给宋樾买什么吗？"

"知道啊。"阿九拿出一个清单，细数着，"阿月说想换个枕头，但一直没去实体店看过，在网上买的枕着不舒服，我正好给他买个试试。"

"再给他买个触屏笔，他触屏笔坏了好几天，没来得及买新的呢。"

"耳机？耳机他昨天买过了，划掉。"

"桌角套，哦对，他弄丢了一个桌角套，桌子有点歪，现在还用废纸垫着桌角呢。"

阿九絮絮叨叨了一大堆，要买的东西有贵的也有便宜的，就连不起眼的桌角套都提到了。

云渺越听越觉得不可思议，阿九这是有多了解宋樾？

"也许以后不会再有第二个比你更了解宋樾的人了。"云渺喃喃自语。

阿九和云渺逛了一下午，晚上顺便去夜市吃炒面，恰好碰见路过的宋樾和周不醒。

还是周不醒先看见她们的。

阿九拎着一堆东西本来就很累，巴不得马上把这袋子里琐碎的小礼物全丢出去，这下一看见宋樾，便二话不说地把他拽过来做苦力。

阿九认真地对宋樾说："阿月，我请你吃饭吧。"

——等吃完饭你就把这些东西拎回去，然后我就可以继续轻松地和渺渺逛街啦。

阿九在心里给自己比了个"耶"。

宋樾假装没有听懂她的暗示，抬起眼时注意到她凌乱的头发，蹙眉，起身走到她身后说："抬头。"

阿九不知道他想干什么，但还是微微抬头，感觉到发绳被人解下，脑袋上的小鬏鬏散开，接着又感觉到男生修长的手指穿梭在她发间。

阿九身体僵住。

他手指碰到的地方泛起些许的麻，从耳朵，到脖子，再到全身。

好痒哦。

阿九不舒服地扭了扭身体，看见云渺和周不醒正用奇怪的目光看着她，更加不自在了，她也不知道为什么会有这种感觉。

她刚想扭头问宋樾对她头发做了什么时，他已收回手，重新在她身侧坐下。

阿九迟疑着摸了摸脑袋，还是个小鬏鬏，他搞了半天就是在弄她的小鬏鬏？

云渺盯着她的小鬏鬏瞅了半响，最后拿出手机，体贴地点开"镜子"功能，放到她面前，让她能更加清晰地看见她头上的鬏鬏长什么样。

阿九仔细看了一遍，惊喜捧脸："是'爱心丸子'欸，阿月你竟然会扎爱心鬏鬏？"

她看过扎爱心鬏鬏的教程，怎么都扎不出那种"丝滑"的感觉，之前还和宋樾抱怨过自己没有扎头发的天赋，他当时没什么反应，没想到这才过了几天，他竟然就偷偷学会了？

似乎对这种事并不太在意，宋樾不咸不淡地"嗯"了声，旁边的炒面也炒好了，他起身去拿一次性筷子。

阿九还在美滋滋地对着手机欣赏她的新鬏鬏，没听见云渺和周不醒不约而同地长叹出一口气。

爱心鬏鬏，重点应该是爱心，可惜阿九偏偏只注意到鬏鬏。

更别说给她扎爱心鬏鬏的宋樾了。

阿九白得一个苦力，吃完炒面之后就把东西全塞给宋樾，宋樾看了眼，发现全是她给自己买的东西，倒也没说什么。

两个女生在前面悠闲地逛街买东西，宋樾和周不醒则拎着东西慢腾腾地跟在后面。

周不醒看了看阿九无忧无虑的背影，又看了看神色平静的宋樾，忍不住问："阿月，我是真的搞不懂，什么事你都非得憋着，我看吧，等楚小九以后……"

宋樾一手拎着阿九买的小玩意，一手玩手机，这会儿正低头看着手机屏幕，也不知道在看什么，右耳戴着蓝牙耳机，对周不醒的提醒充耳未闻。

周不醒看不下去了，凑过去看看他到底在看什么看得这么入神："教你如何扎泡泡麻花辫……我的天，我服了，这个时候你还有心情看扎辫子的教程，我对你真的是无话可说了！"

宋樾侧眸瞥了周不醒一眼，不紧不慢地给教程视频点了个赞，然后滑到下一个视频，语气淡淡地说："你觉得这两个哪个更好看？"

周不醒："我在跟你讨论一件很严肃的事情，你能不能不要转移话题？"

宋樾："所以哪个更好看？"

周不醒："……上一个吧。"

宋樾深以为然地点了点头："那就都试试吧。"

周不醒："？？？"

你早想好了两个都试试，干吗还要多此一举问我？

周不醒被气得不想再说话。

走在前面的阿九并不知道后面两人在说些什么，停在路边准备买点草莓带回去吃，刚弯下腰就感觉有人捏了捏她脑袋上的爱心鬏鬏，转头一看是个七八岁的小男孩。

小男孩睁着大眼睛，惊奇地说："姐姐，你的'丸子'真好看，我妈妈也喜欢你的'丸子'。"

正牵着自家儿子的年轻女人没想到只是随口说了句玩笑话，自家儿子就会这么不礼貌地上手捏人家女孩子头上的"丸子"，顿时尴尬得脸红，连忙向一脸蒙的阿九道歉。

云渺在一旁笑得直不起腰，也跟着捏了两下阿九脑袋上的鬏鬏，手感是真的不错，难怪宋樾这么喜欢捏她的鬏鬏。

阿九反应过来，也没觉得这事怎么样，年轻女人道完歉急匆匆牵着儿子走了，身影隐入人群。

周不醒在后面看得一清二楚，哈哈大笑，正要跟宋樾勾肩搭背笑话他扎的"丸子"被别人碰了，转头就见宋樾走到阿九身侧，抬手摘下头上的黑色棒球帽直接扣到阿九脑袋上，就这么把她的鬏鬏给盖了下去。

这下谁也摸不着了。

阿九捏着两颗草莓，呆呆地站在原地，蒙蒙地仰头望着他。

帽檐遮住大半的视线，她只能看见他瘦削的下颌和青涩的喉结，再往上，是一双看不出情绪的黑眸。

阿九眨了眨眼，不自觉地抿了下嘴角。

云渺却笑不出来了，她看看自己刚捏过阿九鬏鬏的手，又看看阿九头上的黑色帽子，悄悄地背起手退后两步，假装什么都没干过。

周不醒站在她旁边，幽幽地说道："阿月是不是很无理取闹啊？"

云渺眼睛都冒着光，内心满是激动。

周不醒："……"

而那边刚反应过来的阿九再次仰头，一脸不解地看着宋樾："阿月，你干吗？"

帽子都把她的鬏鬏给压扁了。

宋樾手心还停留在阿九脑袋的帽子上，目光撞入清凌凌的双眸，顿了下，他若无其事地将帽子拿下来，淡定道："哦，不小心的。"

阿九怒了："我信你才怪！"

谁会把帽子不小心戴到别人头上？

"不信拉倒。"宋樾把帽子戴回自己头上，波澜不惊地说，"反正我就是不小心。"

"你把我的鬏鬏都压扁了。"

"我给你扎的。"

"你扎在我头上就是我的！"阿九愤愤。

这时，卖草莓的老板问："还要不要草莓？"

阿九立马回头："要一斤。"

"两斤。"宋樾直接扫码付钱，"给青姨带一份。"

阿九赞同地点点头，如此简单地就忘了刚才的事，她蹲下让老板给自己称了两斤个头最大的草莓。

周不醒在后面看得脸都麻木了。

云渺激动跺脚："我觉得他俩是真的！"

阿九逛了一下午回到家，先回了趟卧室整理买回来的小玩意，出来时就见谢青絮已经洗好草莓，分出了两份，指着其中一份说："那个给小樾，你闲着没事就给他送去。"

阿九"哦"了声："我洗个澡就去。"

放洗澡水时她注意到镜子里的爱心鬏鬏，看着看着就想起不久前宋樾站在她身后给她扎头发的事。

镜子里仿佛出现了他低头给她扎头发的影子，阿九恍惚了一瞬，骤然回过神，心里有点纳闷，嘀咕着最近为什么总是能想起阿月呢！

她一边拆头发，一边放热水，拆着拆着忽然发现多出一根发绳，她望着手里的发绳发了会儿呆。

扎爱心鬏鬏需要两根发绳，而她下午出门时只用一根黑色发绳扎了个简单的小丸子，可现在手里有两根，除了黑色的还有一根蓝紫色的。

这个颜色有点眼熟，之前她好像用过。

什么时候落到宋樾手里的？

云渺发现阿九最近心事重重，上课的时候她竟然发呆，被老师点名回答问题时都没反应。

"楚酒同学，上课在想什么呢？"英语老师调笑，"该不会是快要放学了，所以在想中午要吃什么吗？"

阿九尴尬地摸摸鼻子，老老实实回答完问题后才坐下，然后不知不觉地又开始发呆。

云渺注意到英语老师的眼神，连忙捅了捅阿九的胳膊，阿九回过神，规规矩矩地坐好，低头看书本。

放学之后去食堂的路上，云渺忍不住问阿九上课的时候为什么发呆。

阿九犹豫了一下，不知道该不该把最近的苦恼说出来。

"我……"

云渺眯眼盯了她一会儿，突然脸色大变，左右看了一圈后，凑到她身边压低声音问道："阿九，你该不会是有什么小秘密了吧？"

阿九震惊抬眸："什么小秘密？"

云渺放心了："哦，没有就好，没有就好。"

她安心了，阿九却还纠结，满脸的欲言又止，最后还是没忍住："渺渺，我有个朋友……"

"我知道你朋友不是你。"云渺正色道，"你尽管问。"

阿九："……"

阿九破罐子破摔："我就是想不通，为什么男生出门的时候会带着女生的发绳。"

"那还用问吗？"云渺说，"扎头绳嘛，要么自己用，要么给别人用。"

阿九不是没想过这两个答案，但她越想越觉得有什么事即将发生，甚至脱离掌控。

她深沉地叹了口气，从食堂出来时刚好经过操场，还在忧心忡忡地想心事的她，被云渺兴奋地拍了拍肩膀。

"看操场那儿，宋樾跟人打球呢。"

阿九抬头，看见操场上宋樾正懒散地和周不醒击掌，额前栗色的碎发微湿，在阳光下反射出细微的光。

不知为何，她的心脏突地重重一跳，目光像是移不开地盯着他看。

宋樾一向喜欢偷懒，也很低调，大概他也知道他的长相优势，所以他平时不会参与出风头的活动，大多时候会待在教室刷题、看书，再不然就是睡觉、打游戏。

很少见他和同学一起打球，更别说是在学校操场上，这可太高调了，不符合他的性格。

操场外圈已经站了好些女生，阿九被云渺拽着胳膊拉进去，天气有点热，她抬手扇了扇风。

宋樾刚投进一球，抬手抓了抓头发，转头时注意到阿九也挤了进来，动作一顿，微微扬眉，黑瞳映出阳光散落的一点光斑，清亮明朗。

少年意气风发。

阿九却直直盯着他后脑勺扎着的小小的辫子。

男生头发本来就短，恰好这段时间犯懒也没去理发店，头发自然长了些。

打球时很热，他就用发绳把后面长点儿的头发勉强扎了一下，很小很小的一把，不仅没有阴柔感，反而更凸显了明朗的少年气质。

阿九在看见他发型时恍然大悟，眼前的一切瞬间拨云见日。

原来阿月不是要给别人用啊，是他自己头发长了才需要用发绳而已。

想明白的阿九脸上立马露出灿烂的笑容，高兴地给他加油打气："阿月加油！阿月最棒！阿月天下第一！"

旁边围观的女生们眼神微妙地看了她一眼，阿九笑眯眯地看回去，坦坦荡荡，毫无遮掩。

场上的周不醒注意到这边的情况，发现阿九一扫这几日的低沉重新变得开朗，忍不住看向不紧不慢拍球的宋樾："兄弟，为了哄你家阿九开心，你这次还真是煞费苦心啊。"

宋樾瞥他，没说话。

他早就注意到阿九最近的反常，她时常偷瞄他的口袋和手腕，还会盯着他头发看，昨天甚至拿出两个颜色不同的发绳假装无意地问他哪个颜色好看。

小心思还挺多。

他很快移开目光，把球传给周不醒，漫不经心地笑："就你话多。"

场外的阿九激动地捧住脸，转头跟云渺说："阿月刚传的那一球超帅！"

云渺微笑："是啊，大家都觉得你们家宋樾好帅。"

阿九转头看了看周围蠢蠢欲动的女孩子们，张了张嘴，半晌才蹦出一句话。

"有时候长得太好看也不见得是件好事。"阿九嘟囔，微烫的目光不自觉地跟着宋樾移动，"怎么就这么好看呢……"

自从阿九发现宋樾越来越好看之后，每天睡觉之前都会对着镜子问为什么她不能像他那样越来越优秀，许久都不得而知，只好作罢。

期中考试过后，气温越来越低，阿九待在家里也换上了厚卫衣，出门就直接拉上卫衣帽子。有一次路上遇到云渺，她都没认出来阿九。

不过阿九最近也嫌外面冷，还经常刮风，出门着实不便。

周五晚上，阿九接到宋姨的视频电话，宋姨先是问了几句宋樾最近的情况，随后便将自家亲儿子抛之脑后，十句话里八句话都是在夸阿九越来越漂亮了。

阿九嘴甜地回夸，然后去冰箱里找吃的，谢青絮此时正好经过，头一伸和宋姨打了个照面。

两个长辈就此聊了起来，聊着聊着宋姨突然想到什么，说："对了，阿九，明天长空会过去找你和小樾，你们有没有空？"

宋长空是宋樾堂弟，今年刚上初中，长相可爱，脾气傲娇。

阿九对他印象深刻，因为以前为数不多的几次见面中她发现，宋长空崇拜宋樾。

无论宋樾说什么、做什么，宋长空都是一副"我哥全世界最厉害"的傲娇表情，就算宋樾睡懒觉，宋长空也只会觉得他哥是在给大脑腾出足够的休息空间。

"我有空哦。"阿九"啪嗒"掰断手里的旺旺碎冰冰，眨巴眨巴眼，镇定地说，"阿月不知道有没有事欸，我等会儿去问问他。不过宋长空这次过来干吗呀？"

"长空刚上初一，这不是市重点嘛，他最近学习有些吃力，想来找小樾补补课，顺便把小樾以前的笔记带回去看看。"

哦，原来如此。

如果只是补课应该没多大问题吧，不过笔记……宋樾有笔记那种东西吗？他一向都是在书上随便勾勾画画，除了他自己，谁都看不懂他写的什么玩意儿，草稿纸上的过程也简单得不能再简单。

宋樾脑子的结构构造和普通人的可能不太一样吧？！

　　但阿九没有说什么，叼着一截旺旺碎冰冰点点头："好，我去和阿月说一声，让他先把笔记整理好，等明天宋长空过来就能直接用了。"

　　至于为什么宋姨没有直接给宋樾打电话通知他，阿九没有问，宋樾一家的相处方式就是这样，平时可能两个月都不会打一次电话的。

　　宋樾完全就是被放养，宋叔宋姨经常说要是没有谢青絮和阿九，搞不好宋樾早就变成自闭症儿童了。

　　不过这夫妻俩完全没有要反省的意思，毕竟宋姨也是这么被放养长大的，或许宋家基因天生如此。

　　挂掉电话，阿九提溜着剩下的半截旺旺碎冰冰去找宋樾，熟门熟路地摸进去，发现沙发上放了一大堆秋冬的衣服，卫衣、衬衫、风衣、牛仔裤……

　　"阿月，你在干吗呢？收拾行李离家出走啊？"

　　阿九扒着门伸头看向卧室，宋樾正半蹲着找一些冬天的衣服，他穿着黑色卫衣，伸手时露出一截修长干净的手腕。

　　阿九的目光从他的手腕慢慢移到他的后腰。

　　宋樾刚刚伸手去拿床上的一件黑色休闲裤，卫衣后摆随着他的动作轻轻向上拉扯，清瘦的后腰就这么晃入阿九的眼里。

　　她呆了一瞬。

　　宋樾没注意到她的视线，拿完衣服后回过头，卫衣衣摆也跟着掉下来遮住了后腰。

他走过去，弹了下她脑门，示意她回神："你发什么呆？"

阿九脑海里还在循环播放刚才看见的那片白，真的很白，大概是因为宋樾平时不爱出门，天天在家捂着，皮肤比一般人白皙，却不会显得秀气，反而有种神秘感。

神秘？

阿九还是头一次从他身上感觉到神秘感，明明他们是青梅竹马，从小到大没人比她更了解他，怎么会突然产生这种诡异的感觉？

她想不通，轻咳了一声，目光不自觉地往他后腰处晃，手上却不忘把剩下的半截旺旺碎冰冰递给他："哦，我来给你送旺旺碎冰冰，我妈说天气冷了不让我多吃，还剩半截又不能浪费，我就想着你要不要尝尝？"

宋樾抽了两张纸："化了，手上都是水，没弄到衣服上？"

阿九乖乖摇头，任由他低头给自己擦手，抬眸悄悄注意着他纤长浓黑的睫毛、高挺的鼻梁，目光轻轻闪烁。

"阿月。"

"又想干吗？"

"你真好看。"阿九不受控制般伸出空闲的那只手，轻轻戳了下他鼻尖，满脸真诚，"你是我见过的最好看的人。"

宋樾给她擦手的动作顿住，缓缓抬眼，浓黑的眼直勾勾盯着她，栗色的短发晃在眼前，目光隐晦。

阿九连忙收回手背到身后，假装刚才什么都没做，有些心虚的样子。

宋樾却似乎察觉到什么，若有所思地笑了："这么多年，你第一次发现吗？"

"不是啊。"阿九老老实实地说，"以前就知道你特别好看，但是最近不知道为什么突然觉得你比以前更好看了，好看到耀眼，你懂我意思吗？"

懂。

这是个好现象。

宋樾没有多说的打算，只是轻轻揉了揉她的脑袋，解决掉剩下的半截碎冰冰："除了给我送吃的没有别的事？"

"哦，对，有有有，还真有一件事。宋姨说宋长空明天要过来找你补习，顺便问问你初中的笔记还在不在，到时候都让他带回去。"

阿九颠颠跟在他身后，被他一手摁着脑袋坐在床上，正好压住一件衣服，他抽了下，没抽动，阿九连忙往旁边挪了挪。

他将外套叠好后兀自收拾别的衣服。

"凭宋长空那智商，笔记给他，他也看不懂。"

"虽然事实如此，但你太直白的话会伤了你弟弟的心。"毕竟宋长空视他为偶像。

"他伤心关我什么事。"宋樾头也没抬地关上衣柜。

"可他是你弟弟呀。"

"他又不是我未来女朋友。"

阿九感觉有件衣服丢在她脑袋上,眼前一片黑,宋樾的声音从上面飘下来,带着浅浅的笑意,凑在她耳边说话。

"我只在乎我未来女朋友会不会伤心。"

阿九默默记住了这句话,然后又感到些许心酸。

未来女朋友。

那要是女朋友和从小一起长大的她相比呢?

阿九思绪冷不丁一顿,拽下盖在脑袋上的衣服,眼神有些慌乱,看见宋樾抱着几件衣服去了客厅时才微微松了口气。

一瞬息的时间。

她犹豫了一下,似乎是在回忆刚才在想些什么,想不起来了,以前也经常遇到这种"转头即忘"的现象。

好像挺重要的,但却怎么也想不起来。

阿九抱着宋樾的一件白色外套去客厅,发现他还在堆衣服,忍不住问:"阿月,你收拾这么多衣服干什么?"

"衣服小了,穿不下。"宋樾说,"收拾出来找个时间捐了。"

他站起身时阿九才意识到,升入高中的宋樾确实比初中高了许多,肩宽腿长,唯一一件勉强能穿得上的卫衣套在身上,袖子还有点短。

难怪刚才看见他的腰呢。

阿九嘀咕着，悄悄又看了眼他后腰的位置。

"那你什么时候去买衣服？我和你一起去吧，反正我最近也没事。"

"从网上买过了。"

"尺寸合适吗？万一不合适怎么办？"

"那就重买。"

"……"

财大气粗。

本来传完话差不多就该回去了，但阿九却不太想离开，她抱了件衣服跟在他身后看他收拾。

他去卧室，她跟着去。

他去客厅，她也跟着去。

他弯腰叠衣服，她也跟着弯腰叠衣服，像个有样学样的小机器人。

他转身，她没注意，一头撞进他怀里。

等阿九反应过来时整个人已经被抱到了沙发上站着。

这下轮到她比他高了，她低头看他，一脸茫然。

宋樾被她弄笑了："你干什么老是跟在我后面？不知道的还以为你是我的小跟屁虫。"

阿九也很苦恼，她从来不会在宋樾面前掩饰自己的情绪，这会儿便选择实话实说："我不想回去,我也不知道为什么就是想跟着你。"

宋樾静静地看着她,没说话。

第三章 生日礼物

-BUNENGHEBIERENTANLIANAI-

手机响了。

宋樾看了眼来电显示，是宋长空，他一边接电话一边示意阿九老实坐下。

阿九踩到沙发上堆叠的衣服，蹲下去把踩乱的衣服重新叠好。

那边，宋樾还在和宋长空说话。

宋长空说他明天早上过来。

宋樾说："阿九说了。"

宋长空小声抱怨："她怎么什么都知道。"

"挂了。"对于这个堂弟，宋樾一向言简意赅。

宋长空抓紧机会还想多说几句："哥，哥，等一下，我还有话说。"

"说。"

"阿九姐明天也在吗？"

宋樾抬头看了眼沉迷叠衣服的阿九，唇角翘着，声音轻慢："在。"

宋长空嘀咕："我妈准备了一些吃的，让我明天带给阿九姐，有点多，她一个人估计吃不完，所以你……"

听到这儿，宋樾的话稍微多了点："哦，明天别忘了带。"

宋长空："……"也就只有提到阿九姐，他哥才愿意多说几个字。

结束通话后，宋樾弯腰抽掉阿九手里的衣服，声音从上面飘下来："宋长空明天给你带了些吃的。"

"咦？他不应该给你吗？"

"给你有什么区别？"

反正他又不吃，到时候还不是都给她。

阿九恍然，有点不好意思地摸了摸鼻子："那我明天给他做辅导，你多睡一会儿。"

这个提议宋樾没有反对，但第二天一早到来的宋长空表示强烈抗议。

阿九摊开一套试题，一脸严肃："干吗这个表情，看不起我呢？

虽然我没进一班，但那是因为我上学期期末考试把英语答题卡涂错了，亏了几十分，不然现在也是和阿月一个班呢。"

一班是直升班，每年都会重新分班，按照成绩名次收进前五十名，阿九的成绩虽然不能说是稳定的前十，但绝对是稳定的前三十，连一班老师都在等高三分班她直进一班呢。

宋长空撇撇嘴："你真啰唆。"

这个年纪的男生都有点小叛逆，脾气压不住，傲气得很。

阿九当然知道如何打击他，当场搬出宋樾，摊开手无所谓说："没办法，你哥就喜欢我啰唆。"

话说完，她自己先愣了一下。

宋长空腾地站了起来，指着她愤愤说："我就知道你对我哥不安好心！"

阿九反应过来，还没说什么，宋长空放鞭炮似的，蹦出来一大串莫名其妙的话语："我哥那么厉害，长得那么好看，怎么可能会有女生不喜欢我哥，你也不例外！"

阿九想反驳，仔细想了想，又觉得很有道理，遂点头赞同道："你说得对，没有人不喜欢阿月。"

宋长空哽了一下，万万没想到她如此坦然地就承认了。

阿九抬手在草稿纸上写了一些步骤，认真说："所以你也很喜欢阿月，我理解，大家都很喜欢阿月，我们应该能够互相理解的吧。"

宋长空："……"

谁跟你互相理解了？你说的喜欢和我说的喜欢根本不是一回事！

但宋长空也挺了解这位姐姐，知道她压根就没想歪，只是单纯地以"喜欢"理解"喜欢"。

"是真傻还是装傻……"宋长空不情不愿地坐下去，瞄了她一眼。

卧室里正要穿鞋的宋樾短暂地在床边坐了会儿，随后踢了鞋，面无表情地又躺了回去。

阿九不是第一次辅导宋长空功课，以前宋长空借口补习来找宋樾，大多时候是阿九给他补课，因为早上不上课的宋樾起不来。

阿九很怀疑他是不是身体有问题，这么爱睡觉还起不来床，有几次都想带他去医院检查身体。

云渺说："你要相信，大部分人都是这样的，你这种不爱睡懒觉的才是少数好吗？"

说完，她又补了句："不过这么一想，你们家宋樾还挺接地气的，我以为像他这种级别的帅哥都是不用睡觉的。"

这就夸张了。

宋樾彻底睡醒的时候也才十点多，阿九补习补得正口渴，宋樾就顺手给她倒了杯橙汁。

　　阿九美滋滋喝了大半杯橙汁，抬头看见宋长空咬着笔一脸幽怨地望着宋樾："哥，我没有橙汁吗？"

　　是他不配吗？

　　宋樾撩了下眼皮，黑瞳里尚有睡意残留，他没什么情绪地转身，嗓音慵懒："想喝自己倒。"

　　宋长空早猜到会这样，以前每次都是这个结果，他哥眼里只能看见阿九姐一个人。

　　宋长空有时候都忍不住想，如果是在古代，他哥肯定是个目空一切、随心所欲的大佬——却唯独会多看一眼阿九姐。

　　算了，早就习惯了，反正他哥和阿九姐从小一起长大，感情深厚才正常。

　　中午吃完饭，仗着年轻而穿得比较少的宋长空开始打喷嚏。

　　年纪轻轻的就开始瞎折腾，出门不多穿点衣服，被冻着了吧。

　　阿九想到昨晚收拾的一堆衣服，扒拉着宋樾的门问他："阿月，你昨天那些衣服呢？你弟今天穿得这么少，明天好像还要降温，你正好借他两件衣服穿一下。"

　　要是宋长空感冒就不好了。

　　宋长空努力克制着脸上的笑容，看似冷静地选了两件外套，穿上略大，但他不打算脱。

　　谁会嫌弃偶像的衣服？没立刻裱起来都算是矜持的了。

　　宋樾反倒有点嫌弃他了，干脆多给他塞了套卷子让他去一边玩。

下午休息时，阿九回家洗了点水果，回来看见宋樾躺在沙发上玩"开心消消乐"，宋长空做完卷子坐在宋樾对面，不知在和谁手机聊天。

一不小心，宋长空点了一段语音，空间里猛然响起一道软软的女声。

"那你什么时候回来呢？我明天去找你可以吗？你……"

放到一半，宋长空手忙脚乱地按暂停，没留神又点了一次，这次只听了个开头就被掐断了。

阿九脸上的表情渐渐变成"有情况"的兴味盎然，倚着沙发，戏谑地瞅着故作镇定的宋长空。

宋长空一张脸慢慢憋红，再憋红。

最淡定的当数宋樾，他依旧淡定地躺着玩手机，只是抽空扫了眼逐渐破防的宋长空。

阿九弯腰，放下水果托盘，盯着满脸通红的宋长空，缓缓发出一声："哇哦，unbelievable！"

像是应和，宋樾手机响起"unbelievable"的背景音乐。

宋长空在沙发上如坐针毡，眼神慌乱，他把手机压下去，结结巴巴地试图解释："不、不是你们想的那样……"

阿九递给他半个苹果，满脸堆笑："我们想的什么样呀？我们什么都没想呀，对吧阿月？"

宋樾敷衍地"嗯"了声，枕着沙发扶手，歪了下头，阿九瞬间明白，塞给他一颗草莓。

宋长空很想多长几张嘴："这是我们班长，和我同桌，她笔记被我不小心带回来了，就是问我笔记……"

"嗯，我懂，只是要笔记而已。"阿九恶趣味地安慰他，"你这么紧张干吗？我又没说你和你们班长怎么了，对吧？"

宋长空："你说了！"

阿九眨眼："我说了吗？"

宋长空："你刚才说了！"

阿九："那你承认了吗？"

宋长空："……"

"我怎么可能承认！心里是这么想的吧！"阿九说。

宋长空被堵得一口气险些没提上来，所以他一点也不喜欢和阿九姐玩，太喜欢欺负人了。

阿九摸摸他夆毛的脑袋，和蔼道："哎呀，我们又不会偷偷跟家长告状。虽然你年纪还小，但是青春期的孩子嘛，都会经历这种事的哦，不要害羞啦。"

安慰是假，调侃是真，谁让宋长空这个家伙一向喜欢和她唱反调！好不容易抓着他的把柄，那不得好好把握！

阿九心里笑开了花，连带着手上顺毛的动作都有点不太收敛。

宋长空色厉内荏地瞪着她，捏捏手里的苹果，半天才憋出一句：

"阿九姐，你说了这么多，那你以前是不是也有过这种经历？"

阿九："？"

宋长空梗着脖子，破罐子破摔地说："你现在不也还是青春期吗！"

阿九："……"

阿九没想到，最后她搬起了石头砸了自己的脚。

话题最终由宋樾的一句"休息时间到了"而停止，阿九和宋长空互相伤害得多了，也没把这点小事放在心上，转头就又一如往常地继续补习。

补着补着，阿九突然想起来，本来应该是宋樾帮宋长空补习的，她也替了他一上午，早就够了吧？

于是她不干了，把躺在沙发上悠闲玩手机的当事人拖过来，接着她的进度给宋长空补习。

宋长空矜持且期待地坐直了身体。

宋樾似乎有点嫌弃宋长空的字，拎着他的笔记本看了两眼，放下，转头将手机交给阿九："帮我把这关打通。"

阿九表示没问题，包在她身上。

开静音打完一关又一关，阿九也不知道打通了多少关，直到看见手机屏幕上面跳出来几条新消息。

是周不醒发来问宋樾要不要打排位的。

阿九说："阿月，周不醒问你要不要打排位。"

"不打。"

阿九便点进微信替他回复，从周不醒聊天界面切出来后注意到一条置顶。

"置顶 - 阿九"。

她愣了下。

阿九看了看坐在窗边懒散的宋樾，鬼使神差地打开自己手机，给云渺发消息。

楚酒："渺渺，你……你有微信置顶的人吗？"

云渺："有啊，我哥。"

云渺："他天天给我发消息，上了大学简直比以前更烦人，每次都把聊天消息顶到上面，我干脆就给他置顶了。"

原来是这样啊。

那阿月也是吗？觉得她消息太多太啰唆，才会干脆置顶？

真的很啰唆吗？

阿九翻了翻聊天记录，发现自己确实话很多，扭头去看宋樾，他没注意她的不对劲，随手翻开卷子另一面继续给宋长空改错。

阿九不好意思问他置顶的事儿，手指点了点宋樾的微信界面上自己的头像，想了半天，心里闷闷的，莫名地有点坐不住，便给云渺发消息问她要不要出去玩。

云渺："好啊，正好把班长他们也喊上，之前跟他们打赌期中考试谁能考第一，他们输了，说好要请我们吃饭的，到现在还没兑现，今天该他们兑现承诺了。"

阿九觉得很有道理。

阿九回头和宋樾说："阿月，我下午和渺渺出去玩，晚上班长他们请客，我就不回来吃了。"

宋樾抬眸看他："你们班长？"

那似乎是个和阿九关系还不错的男生，阿九以前甚至在他面前夸过那位班长人好。

好端端的请客吃什么饭？

阿九说："对啊，还有渺渺和其他两个同学。"

她没多说，把手机还给他后就准备回去换衣服出门。

宋樾拽了下她手腕，另一只手在草稿纸上潦草写了几笔，对宋长空说："差不多就这样了。"

宋长空一头雾水，看不懂他哥的字。

宋樾起身，看着阿九："我和你一起出去。"

阿九疑惑："你也要出门？"

宋樾语气平静道："宋长空生日快到了，顺便给他买个生日礼物。"

一旁还在研究草稿纸的宋长空"唰"地抬头，满脸茫然。

什么生日？他生日上个月不是刚过完吗？

阿九和宋樾说，她们班长是个热爱学习的老好人，班里有人没倒垃圾，班长就会帮忙去倒。

班里有人家庭环境不好，班长也会悄悄找班主任私下给那位同学救济还不让人知道。

有人考试没考好，班长还会充当知心大哥哥彻夜与之谈心。

总之，班长是全天下最朴实的老好人了。

宋樾很少从阿九口中听到她提起别的男生，大多是女孩子之间的小事，但班长却总能出现在她口中。

这次大概是正好提到，她便多说了几句，基本都是班长最近又做了几次老好人，宋樾面色平静地听着，偶尔"嗯"一声充当回应。

坐在出租车副驾驶的宋长空偷偷从后视镜看了眼，恰好对上他哥看过来的眼神，莫名地一哆嗦。

好冷。

比外面的天气还冷。

宋长空看向浑然未觉的阿九，眼神透露出一点悲伤，今日不宜出门。

阿九没看出来他什么意思，只以为他在思考生日的事儿，遂改口安慰道："弟啊，虽然你下个月才生日，提前给你买礼物没有那么惊喜，但你这不是正好过来嘛，趁这次机会好好宰一把你哥，弥补你缺失的惊喜。"

宋长空："……"

你觉得我在乎什么惊喜不惊喜吗？反正我只是被迫过生日而已。

宋长空面无表情地扭过头，不想说话。

阿九以为宋长空这是不高兴了，捅了捅宋樾的胳膊，小声问："你弟是不是不开心？"

宋樾看都没看宋长空："大概。"

"大概？"

宋樾看着她，慢吞吞地说："你也给他买个礼物就好了。"

"这是肯定的啊。"阿九说。

宋长空心想你们俩真是够了，拿我当挡箭牌有意思吗？

天还亮着，阿九到商场时云渺还没出发，她就先和宋樾随便逛逛，顺便看看给宋长空买什么礼物。

阿九不了解宋长空，拿着个有趣的东西就问宋樾："阿月，你弟喜不喜欢这个？"

宋樾眼也没抬："他人就在你旁边。"

阿九卡了一瞬，转头对上宋长空虚伪微笑的脸。

宋长空："喜欢，我都喜欢呢。"

这语气，怎么听着怪怪的？

宋长空嘴上这么说，真轮到宋樾给他挑礼物，他倒是眼巴巴跟在他哥身后——

"我哥眼光太好了。"

"这个好酷，我喜欢。"

"哥，你买什么我都喜欢。"

"那个也帅，适合收藏。"

阿九默默放下手里的一套模型，刚侧过身鼻尖就碰到柔软的黑色卫衣，她下意识屏住呼吸，胳膊往后缩了下。

渐渐地，有一股浅浅的香味缠绕过来。

宋樾的声音不紧不慢响起："看什么呢，这么入神？"

他的手越过她的腰停在她身后的一处地方，接住不小心抵下来的一个装饰品放回去，退后半步，垂眸看她。

也是怪他吓到她，她反应才这么大。

阿九愣了下，感觉刚才碰到了个东西，回头看看，没事。

她转过脸，看见宋长空背对着他们还在看某个展示柜里的东西，不自觉地眨了眨眼睛。

"阿月。"阿九说，"我送你一份礼物吧。"

宋樾狐疑地打量她："好端端的送我礼物干什么？"

阿九心里想：因为我天天给你发微信，消息那么多，特别烦人，而你不仅没有拉黑我还特地把我置顶，像云渺哥哥对妹妹那样耐心，我很感动，感动之余还有点说不出来的感觉，所以想送你礼物弥补一下我内心的愧疚。当然，如果你不觉得我啰唆就更好了。

　　她转了转黑白分明的眼珠子，当然没有实话实说，反而找了个借口："就当是提前送你的生日礼物。"

　　"我生日要等到明年。"

　　"那就提前送你明年的生日礼物。"

　　"怎么突然执着送我生日礼物？"宋樾摸摸她的额头，"不会是又胡思乱想了什么东西？"

　　阿九拉下他的手："你不要算了。"

　　宋樾没说要，也没说不要，最后阿九还是买了一套模型。宋樾本以为她会送他，伸手过来准备接了，然后就看见她顺手把东西给了宋长空。

　　宋长空："？"

　　宋樾面无表情地将手插兜里。

　　阿九对宋长空说："你的生日礼物，提前祝你生日快乐。"

　　宋长空："……谢、谢谢？"

　　他接礼物的手微微一颤，一瞬间，能感觉到旁边看过来的目光冷冷的。

　　拿着礼物的手更加颤了。

　　这不是本来就说好给我的礼物吗？哥，你没必要用这种眼神看我吧？

　　一无所知的阿九看了眼手机："渺渺和班长他们到了，已经找好吃饭的地方，我直接去找他们了，你们等下去哪儿？回家还是在外面吃？"

宋长空僵硬地转动脖子看向宋樾。

宋樾扫了眼若无其事的阿九，不咸不淡的口吻："我去楼下看看，你着急就先去找你们班长。"

话听起来很正常，但总感觉哪里不对劲。

不过既然没其他事，那阿九就放心地走了，总不能擅自把宋樾和他弟弟拉着一起去吃饭，毕竟还有班长他们，大家不太熟，到时候都会不太自在的。

阿九走了之后，宋长空才缓缓扭头看向宋樾。

宋樾目送阿九的背影消失在电梯口，慢腾腾地偏转视线，目光落在宋长空手中的模型上。

宋长空二话不说把东西上交："我不用什么生日礼物，反正我生日早过了。"

宋樾平静地看了会儿那份礼物，随即移开眼，双手依旧插卫衣前兜里，没什么情绪地说："阿九送你的就是你的，还有没有其他想要的，一道买了。"

宋长空心想买不买都不重要，但是哥你这句话说得我有点怵得慌，要不你还是把礼物拿回去得了。

云渺和班长几人坐下后就已经点好了火锅锅底，给阿九发消息，她很快就到了。

阿九按照桌位号找过来，正好是靠窗的位置，离门口也近，是单独隔起来的一个大桌。

她撩开帘子进门，云渺看了看她身后："欸，宋樾呢？"

阿九把链条包挂在椅子上："他和他弟弟一块儿。"

云渺表示明白。

这样就不太好把人拉过来一起吃火锅了，要是她们俩请客倒是无所谓，不过今天班长请客，她俩总不好再拉人来凑桌了。

不过阿九今天吃饭也有点心不在焉，老是忍不住去想宋樾，打开手机想给他发微信问他吃了没，想起云渺说的置顶是因为"嫌他哥烦"的那句话，又迟疑着关了手机。

最近好像莫名其妙想宋樾的频率高了些，为什么？

她有些苦恼，叹了口气。

云渺发现她的不对劲，小声问她怎么回事。

阿九也小声把刚才想的事儿告诉云渺，云渺脸色变得古怪，将她上上下下打量了一遍，然后奇异地笑了声，颇有些不怀好意的模样。

阿九被她笑得鸡皮疙瘩都起来了，问她，她又装神秘不说。

火锅吃到一半，对面两个同学开始数落班长老好人，教育他不要总是接受，要学会拒绝，不然以后还会被坑。

云渺和阿九表示赞同，四人一块儿强调"要学会拒绝"，班长听得头疼，正想找个借口溜出去透口气，头一抬忽然发现玻璃窗外面出现了一道熟悉的身影。

"欸，那不是宋樾吗？"班长故意大声说，"楚酒，你快看，是不是宋樾？"

商场五楼全是火锅、烤肉之类的店，这层楼也是全市出了名的"味道正"，因此每天的客流量极大，在这里碰见熟人的概率很高。

他们又恰好坐在靠门边的窗口位置，转个头便能将外面来吃饭的人看得一清二楚。

阿九顺着班长的视线往外看，先看到的是走在里面的宋长空，旁边比他高的正是穿着黑色卫衣微低头看手机的宋樾。

看宋长空的神色似乎是在找吃饭的地儿，手里还拿了几份传单，摸不准具体去哪里吃。

"真是宋樾。"

"这都能碰到。"

"他们也是来吃饭的？"

宋樾是全校知名的，不仅长得好看、成绩好，而且家中富裕、人缘不错，最重要的是他低调，不爱出风头。

学校的通知栏上经常出现他那张脸，无法撼动的年级第一，各个班里成绩拔尖的人每天路过教学楼楼下时，都会斗志昂扬地往通知栏上看一眼。

更何况这人还时不时去他们班门口转一圈，给阿九送吃送喝。

他俩大概没注意到这里，径直走了过去。

阿九本想说什么，见他俩走了，张开的嘴又闭上。

在里面说话外面的人听不见。

云渺戳戳阿九的胳膊，阿九转头。

云渺说："你现在还是去找宋樾比较好。"

阿九疑惑："为什么？"

云渺老神在在："总之，你听我的准没错。"

火锅吃得差不多，班长也不想再继续被他们几个念叨，正好有这个机会，他忙不迭地跟着附和："对对对，你还是去找宋樾吧，你们等下还能一起回家呢。"

阿九和宋樾是青梅竹马，认识他俩的都知道。

在班长几人不遗余力地劝说下，阿九一头雾水地被推出了火锅店，连链条包都忘了拿。

她都不知道是怎么跑到宋樾前面的，更不知道是怎么和他们一起进了火锅店的，直到火锅食材送上来，她看着这些熟悉的东西，突然感觉胃里有点抽搐。

这哪还能吃得下？胃要撑炸了。

阿九拿着手机给云渺发微信。

阿九："我觉得我再多吃一口胃就要原地爆炸了，这是什么人间疾苦啊！"

云渺："你还在吃啊？"

阿九："他们才刚准备吃，我总不能光看着他们吃……"

云渺："……"

云渺："你有没有发现？"

阿九："发现什么？"

云渺："你和宋樾最近很不对劲。"

阿九："你说哪方面？"

云渺："就各方面啊。要是以前，你吃饱了根本不会硬要自己继续吃，还是在宋樾面前。"

阿九暗自琢磨了一下，好像是这样哦！

云渺："以前班里女孩子聊到宋樾的时候，你肯定会凑两句热闹，现在嘛，都学会装睡了。"

阿九看到这条微信时，突然有些做贼心虚地偷瞄了眼宋樾，他正在点单，之前已经点好了一部分，现在估计是在加饮料，他微微低着头，骨节分明的手握着手机，漫不经心地用指尖点了两下。

火锅店的光线什么时候变得这么好了？阿九有些出神地想。

他忽然抬起头，看向她："看我干什么？"

阿九不知为何慌了一瞬间，挪开眼。

我慌什么？她愤愤想。

于是又大胆地将目光挪了回去，理直气壮地说："我跟渺渺聊天聊到你了。"

宋樾觉得她俩聊到他肯定不是什么好事，但也懒得多问，一边烫碗筷，一边不经意地开口："你和你们班长一起吃饭，中途就这么跑了？"

阿九低头看微信，边打字边回答："班长又不在乎。"

宋樾烫碗筷的动作忽地重了一下，旁边宋长空咳嗽一声，屁股默默往旁边挪了挪。

阿九毫无所觉，继续说："而且还有渺渺在呢，班长他们之前和渺渺打了个赌，班长输了才请渺渺吃饭的，我就是做个见证，顺带而已。"

碗筷烫好了。

宋樾慢吞吞"嗯"了声，没再多说。

危机解除。宋长空舒了口气。

阿九低头看了眼微信。

云渺："嘿，你还不信，咱们打个赌，最迟两年，两年后你必定会为今天说出的话后悔，并且跪下来求我替你出谋划策！"

阿九："你在做梦！"

云渺："打不打赌？"

阿九："赌就赌，两年后我要是没有跪下来求你，你就给我带一学期早饭，要是我输了我就给你带一学期早饭！"

云渺："你输定了，小阿九。"

过了两秒钟，云渺微信又来了。

云渺："班长说加他一个。"

加就加，谁怕谁。

阿九自信满满，放下手机抬头看见面前的大餐又开始胃疼，脸都皱巴了。她都不知道自己为什么跟着宋樾进了另一家火锅店，现在非要这么折磨自己。

宋樾也没什么胃口，宋长空倒是吃得毫无顾忌，反正他哥和阿九姐坐在一起，心情比之前好了很多。

吃完火锅，肚子很撑的阿九不想坐车回家，她提议走回去，消消食，宋樾由着她。

路灯一排排地延伸到尽头，车流陷入堵塞，阿九见状很庆幸："要是打车的话我们现在也被堵在半路了。"

宋樾扫了眼，"嗯"了声。

阿九走在中间，宋长空走在最里面，宋樾走在最外面靠近车道，三人的间距差不多。

结果不知道为什么，走着走着就变成阿九和宋樾挨在一起低头看手机，而宋长空和阿九之间的距离被拉得极大。

宋长空看了看时而抬眼时而低眸的宋樾，又看了看不在意路上危险的阿九，沉默片刻，落后两步拍了张他俩的背影照片。

明天回去之后发给我哥吧。宋长空想。

阿九还在翻看淘宝，她看中几件新衣服，问宋樾哪种颜色好看。宋樾微低头扫了几眼，指尖点了点奶蓝色的那件，而后抬手拢了下她后脑勺："回去再看，现在看路。"

"哦，等一下，我回去就忘了，先放进购物车。"阿九正准备添加，屏幕上面跳出云渺的消息，她下意识地点进去。

云渺："阿九，你包落下了，周一给你带去学校还是你现在回来拿？"

楚酒："周一帮我带来吧，我明天就不出门了。"

她说话时手机屏幕还是那个界面，宋樾低头就看见她微信聊天记录里的"班长""打赌"。

阿九刚摁灭手机，就听宋樾的声音轻飘飘地响起："你和你们班长打的什么赌？"

阿九："什么？"

宋樾侧了下脸，黑瞳映着两旁路灯的碎光："你和云渺的聊天记录提到你们班长了。"

他没看见全部，只看见"打赌"之类的重点字眼。

"哦，没什么，不重要啦。"

她总不能说这个赌是因为宋樾才引出来的吧，到时候他再问，阿九难不成说是因为云渺觉得她最近对他的态度和以前不太一样吗？

好像有点奇怪。阿九纠结地皱了下鼻子。

阿九没将这事儿放在心里，谁知道第二天一大早云渺就给她打来电话。

云渺先在电话里尖叫了足足三分钟，然后才勉强平静下来，呼吸急促，似乎是遇见什么特别特别激动的事。

三分钟的时间里，阿九把手机拿远，思考是什么事让云渺如此激动。

她见到偶像王灵灵了？

王灵灵是近年来炙手可热的歌手，发首新歌热搜上十条有八条都是她，多年来无人能撼动得了她的乐坛地位，云渺喜欢她好几年，年年蹲守演唱会，可年年抢不到演唱会门票。

云渺好不容易才冷静下来，开口第一句话："阿九，昨天的打赌我选择认输。"

阿九："？"

阿九回忆了一会儿才想起来昨天打的什么赌："哦、哦，你认输，你要给我带一学期早饭！还有班长也要给我带早饭！"

正好两份早饭，可以分给宋樾一份。阿九规划得好好的。

"这个打赌就是个悖论。"云渺自顾自地说，"两年之后我们都毕业了，还不一定考一个大学，到时候跨校区跨市区去送早饭吗？"

阿九："……"

昨天一时心血来潮，忘了还有这回事了。

"行吧，行吧，不打赌了，你怎么这么激动？遇到什么好事了？"

不提还好，一提云渺又开始尖叫。

尖叫结束，她才说："我也不想认输的，可是宋樾他给的实在太多了！"

阿九："？"

和宋樾有什么关系？

云渺镇定道："他给了我一张王灵灵演唱会的 VIP 门票。"

阿九："……"

王灵灵演唱会门票一票难求，更别说 VIP 门票了，云渺蹲守了好几年都没抢到一张票，这次完全是白得的，能不乐疯了吗？

阿九出奇地愤怒："他有 VIP 门票竟然不卖给我？"

"你去问他啊！"

云渺不再多说，她还要拿着 VIP 门票继续和其他人炫耀，从幼儿园的同学到乡下八十岁的外婆，她不允许还有人不知道她拿到了王灵灵的 VIP 门票。

阿九手脚并用爬下床，披头散发跑到阿月家里，把他从床上拉了起来。

宋樾顶着一头凌乱的栗色短发，还没睡醒，黑瞳蒙着一层雾似的色彩，怔愣地看着她。

睡衣睡歪了，露出一截锁骨，他习惯性拎了下睡衣衣领，又将阿九睡歪的睡衣衣领往上提了提，遮住刚才露出的半边肩膀。

阿九没太在意，专注地扒拉着他被子，本想直接问他打赌的事，话到嘴边卡了一瞬，表情也僵住，于是不自觉地就改口："你能买到王灵灵的演唱会门票？"

一听她这话，宋樾就知道发生了什么，双手撑在后面的枕头上，微微仰头打了个哈欠，声音沙沙地："嗯，买得到。"

"你能买到竟然不告诉我，我们还是最好的朋友吗？"阿九拽着他睡衣领子摇晃他，幽幽地说，"你知不知道王灵灵的演唱会门票有多难买？更别说 VIP 门票了，你有门路买 VIP 门票居然不告诉我，可恶！"

"你没说过你喜欢王灵灵。"

宋樾被她摇晃得睡意消散，下面一颗扣子被她拽得散开，胸口半露，他只得抬手按住她的手不让她继续摇晃，以免被扒拉下更多的扣子，声音仍带着淡淡的惺忪鼻音。

"王灵灵是楼下王教授得意门生的妻子，你要是想要，我再想办法买一张。"他拉开她的手，满脸无奈，"现在，让我再睡五分钟，OK？"

阿九："……哦。"

阿九讪讪松手，手指上还残留着浅浅的温度。

她低头，这才发现他睡衣都快被她扒拉开了，白皙的肤色一闪而过，他很快拢起睡衣，没给她反应的时间，倒头就继续睡回笼觉了。

阿九后知后觉地感到不好意思，而后又想到他说的楼下那位王教授，陷入沉思。

她也认识王教授，王教授和蔼可亲，已经退休好几年了，他经常拎着鸟笼子下楼溜达，遇见后还会和他们聊天。

她还去过王教授家里喂小金鱼呢。

王灵灵的丈夫竟然是王教授的学生？以前从来没听说过呀。

阿九晕乎乎地坐下，直接压住宋樾的被子，他翻身发现拽不动被子，深深叹了口气，重新坐了起来，顶着一张"睡不醒"的脸慢腾腾起床。

阿九："你不睡了吗？"

宋樾指了指被她压住的被子："我再睡下去，你都能把我被子给丢了。"

阿九跳起来，试图否认："我不是故意的。"

"我知道。"

"那你起这么早？"这应该是他今年起得最早的一次了，除掉上课的时间。

宋樾只是去书桌那边拿手机，低头点了几下，坐回床边，挨着她肩膀："我拿手机给人发个微信。"

阿九好奇探头："你给谁发微信？王教授吗？"

宋樾说："王灵灵。"

话音刚落，阿九正好看见他的微信聊天界面备注：王灵灵。

阿九："！"

宋樾竟然认识王灵灵？还加了微信？

猜到她为什么震惊，宋樾头也没抬地说："去年在王教授家里碰见过她，她问我有没有兴趣去娱乐圈发展，我说没兴趣，她就给了我一张名片，让我如果改变主意就找她，顺便加了微信。"

阿九乖巧地一边听，一边点头："所以你想去娱乐圈发展了吗？"

不然干吗加她微信？

"没兴趣。"宋樾声音慵懒，发完微信后接着说，"王灵灵的丈夫也是搞学术研究的，你也见过，戚白隐。"

戚白隐？不就是每年国庆都会来看王教授的那个男人吗？因为长得帅，年轻，人又寡言，阿九对他印象很深。

这么久了，她竟然不知道戚白隐就是传说中王灵灵的那个圈外丈夫。

阿九感觉有点晕乎乎。

宋樾还在继续："他们夫妻俩都对我感兴趣，最近正在较劲，看谁能先把我拐去他们擅长的领域。"

但是宋樾对哪方都没兴趣，准确地说，他对除了阿九以外的一切都没兴趣。

而王灵灵和戚白隐这对夫妻平生最大的乐趣就是互相较劲，最近恰好又因宋樾而较上了劲。

宋樾原先无动于衷，这次却因为阿九和云渺的打赌而主动向王灵灵抛出橄榄枝。

阿九想通之后心里忽然涌起一股说不上来的感觉，她茫然地望着他。

"可是，你干吗要因为我和渺渺的打赌而主动找王灵灵呢？"她不自觉地摸了摸鼻子。

宋樾把她丢到椅子上坐着，转身拉开窗帘，偏过脸。清晨的阳光穿透玻璃，在他轮廓分明的侧脸描出一圈漂亮的金色。

阿九看得有些出神。

他倚着窗台，睨着她，不紧不慢地说："万一你赌输了，以后每天至少要提前十分钟起床给云渺买早餐，而我不想早起。"

阿九："……"

阿九得到这个完全出乎意料的答案，尴尬地跑了。

尴尬的打赌事件后，阿九好长一段时间没敢和宋樾单独说话，除去必要的对话，但也没有表现得特别逃避，毕竟那样会显得更加心虚。

阿九觉得自己的生活好难，举步维艰。

她是这样形容自己的处境的。

云渺看着小说："你纯粹是自己给自己找烦恼，你这个症结完全就是……"

阿九好奇："症结是什么？"

云渺眼神闪烁，含糊说："没什么，我看小说代入了，想说这个男主角和女主角的。"

阿九"哦"了声，反而开始对她的小说感兴趣了："你在看什么小说？"

"三角恋虐心小说。"云渺欲盖弥彰地说，"其实我还挺喜欢'邂逅'的。"

不，现实她更喜欢青梅竹马，尤其是阿九和宋樾。

阿九没意识到她在暗示些什么，略感兴趣："那你看完之后借我看看哦。"

"……好。"

云渺嘴上虽这么说，但看完小说之后火速把书藏家里，等阿九问起来的时候她借口说被她哥没收了。

阿九愤愤："学习压力都这么大了，闲着没事看看小说放松放松也不行吗？"

"就是就是，成年人就是这么独裁专制！"

云渺默默在心里为她哥松了口气。

十二月中旬，云渺终于等到王灵灵演唱会。宋樾又搞到一张VIP门票给了阿九，阿九不好意思说不要，最后却因为突如其来的流感发烧而错过这场演唱会。

门票落到谢青絮手中，谢青絮倒也放心地去看演唱会，留下宋樾照顾阿九。

阿九难受极了，加上吊水、吃药，浑身不舒服，脑袋迷迷糊糊的，每次吃完饭之后都会抓着宋樾委屈巴巴："我也想看演唱会。"

宋樾摸摸她滚烫的脸颊，安慰道："以后还有机会。"

阿九只是难受的时候随便说的这些话，并没想过真去看演唱会，有的人生病时总会胡言乱语，她现在就处于这种理智与感情混合的状态中，每天都在"灵魂出窍"。

"阿月，我想吃草莓。"

"现在没草莓。"

"那我想吃西瓜。"

"现在也没有西瓜。"

阿九睡醒的时候，宋樾已经把反季节的草莓和西瓜都买了回来。

她还有点迷糊，靠在床头，睁着一双发烫的眼睛直勾勾地盯着他，然后缓缓地、迟钝地将视线下移，落在他手中的草莓和西瓜上，长睫毛细微颤动。

宋樾还买了一些草莓干和西瓜汁，生病也能稍微吃点带维生素的东西。

阿九乖乖吃完草莓和西瓜，重新钻进被窝，被子盖到脸上，露出一双已恢复精神的圆眼，直直地望着他，声音软软："阿月，你吃饭了吗？"

"吃过了。"宋樾兀自收拾垃圾，头也没抬。

"那你吃的什么？"

"忘了。"

"你为什么会忘记你吃了什么？"阿九追根究底，"你是不是根本没吃饭？"

宋樾叹了口气，放下垃圾袋，转身走到她床边，凝视着她，不动声色地转移话题："明天病能好吗？"

"不知道呢。"

"现在睡觉吗？"

"不困。"

宋樾索性坐下来："那就聊聊天吧。"

阿九眨了下眼睛："聊什么？"

宋樾面色平静："聊聊你前段时间不愿意跟我说话的事。"

阿九："……"

宋樾继续："还有微信不找我聊天的事。"

因为微信发消息太多会惹人烦啊。

阿九立刻把被子拉上去，蒙住整个脑袋，瞬间心虚。

宋樾哂笑："这会儿困了？"

阿九从被子里伸腿踢他，声音闷闷："对，我突然又困了。"

"那好。"宋樾顺势起身，拎起垃圾袋，关门之前留下最后一句话，"等你病好了我们再继续聊。"

阿九："……"

阿九病好之后颇有些提心吊胆，生怕宋樾想起，过了几天发现宋樾好像已经忘了之前说的那些话，便渐渐放松了警惕。

期末考试后没多久就要过年了，阿九跟着谢青絮回老家看望外公外婆，晚上睡觉时有些不太习惯，拿出手机望着微信界面发呆。

窗外烟花炸开，细碎的光映亮她床头的一张照片，是她和宋樾的合照，外公外婆特地买了个相框裱起来放在她小房间的桌子上。

阿九翻了个身，想起生病时候宋樾说等她病好后再谈微信不找他聊天的事。

其实那段时间她也不是没和宋樾微信聊天，只是频率减少，有时候一天都不发消息。

阿九犹豫了一下，点开宋樾的聊天框，试探性发了个"猫猫探头"的表情包。

对方几乎是秒回。

宋樾："还没睡？"

附带一个"揉揉猫猫头"的表情包。

　　楚酒："我在守岁，你呢？"

　　宋樾："等你给我发微信。"

　　阿九愣了下，不知道为什么突然很想笑，直到手机自动熄屏，烟花炸开，零星的光将她的脸映照在黑屏上，她才发现自己笑得像个失了智的小屁孩。

　　阿九连忙整理好神色。

　　楚酒："我不找你，那你就找我呀。"

　　宋樾："？"

　　宋樾："你看看我每次找你，你是怎么回我的。"

　　阿九往上翻了翻，沉默。

　　每次都是她发表情包敷衍的，虽然她知道自己只是因为尴尬和莫名的不好意思而选择少说，但是宋樾不知道呀，他肯定以为她是故意想要冷淡他、疏远他。

　　即使如此，他还是会主动给她发消息。

　　阿九突然感到愧疚，鼻尖酸酸的，心里竟然为宋樾打抱不平，而打抱不平的对象竟是自己。

　　楚酒："嗯……"

　　宋樾："嗯什么？"

　　楚酒："秘密。"

　　十二点到了，新的一年也随之而来。

　　"嘭！"烟花满天绽放。

宋樾："新年快乐，阿九。"

这晚，阿九睡得很香，一夜无梦，第二天一早发现万年不发朋友圈的宋樾发了个朋友圈。

宋樾："嗯。"

配图是"猫猫探头"表情包。

周不醒在下面问他"嗯"什么，宋樾回：秘密。

阿九看着这个熟悉的表情包和回复，睫毛一颤，藏在被子里的脸慢慢地红了起来。

过完年，阿九从外婆家回来，着急忙慌的连家门都没进直接去了对面，空荡荡，黑漆漆。

宋樾还没回来。

没有宋樾的房子太冷清了。

阿九唉声叹气地躺到床上，手指卷着被子，两眼望着天花板发呆。

宋樾应该已经去过他爷爷奶奶家了，不过他家亲戚多，宋叔宋姨又常年不沾家，总是让宋樾代表他们去亲戚家走动。

等宋樾走完亲戚回来，也不知道还要几天呢。

阿九嘟嘟囔囔地翻了个身，面对着浅暖色的墙壁，忍不住摸出手机给他发信息。

他很快就回复了。

宋樾："后天。"

楚酒："那你现在到哪儿了呀？"

宋樾："在 B 市，外婆这两天生病了，得留几天。"

这样啊。

阿九眼巴巴地等啊等，等到第二天下午，连云渺喊她出去玩时她都没什么精神。

黄昏落日，车水马龙。

云渺拍她后背，恨铁不成钢："打起精神，一个宋樾不在，还有千千万万个宋樾在呢！"

阿九："……什么？"

哪儿来千千万万个宋樾？

阿九有种不祥的预感。

云渺说话算数，当场就拉着几个小姐妹带她们一起去运动场看帅哥，玩轮滑的，玩滑板的，打球的……看得人眼花缭乱。

云渺指着其中一个戴帽子的玩轮滑的男生，兴致盎然地说："看，那个怎么样？"

阿九迟疑："嗯……"没阿月好看。

云渺又指着玩滑板的一个男生说："这个也不错吧，大眼睛，多可爱啊。"

阿九犹豫："啊……"没阿月可爱。

云渺再指一个戴白帽子打球的男生："他，我认识，隔壁大学的，我哥同学，帅不帅？"

阿九不知道该说什么："哦……"没阿月帅。

云渺："在你眼里就数宋樾最好，全天下的人都比不上他，是吧？"

阿九骄傲："是啊！"

云渺无话可说，她不理解，毕竟她没有青梅竹马。

云渺起身去扔垃圾，回来的时候惊讶地睁大眼，连忙拽拽阿九的袖子示意她往对面看，声音压低："这个好绝，就在你前面，戴卫衣帽子，还戴着黑口罩，老天爷，就算看不见脸，只看他这个身材我就敢肯定这人绝对是个超级大帅哥，绝世帅哥！"

这是她对帅哥天生的直觉。

阿九顺着她指的方向看过去，手指有一搭没一搭地捏瓶子，瓶身噼啪作响。

他很高，身形瘦削却板正，步伐不紧不慢，手里拎着个银色的小行李箱，帽檐下露出的黑色眼睛直直地看了过来。

阿九动作一顿，不知不觉间没精打采的脸上缓缓染上飞扬的色彩。

云渺声音越来越小："阿九，那个人好像是往我们这边来的！他不会是在看你吧……我怎么觉得他有点眼熟，不是，真的好眼熟啊——"

话音在阿九攥着瓶子冲到戴口罩的男生面前时戛然而止。

男生松开手里的行李箱，自然地抬手摸摸她的脑袋，栗色碎发下的眉眼褪去冷淡，变得温和柔软。

阿九乖乖把水递给他："你怎么今天就回来啦？不是说明天才回来吗？你渴不渴？水给你喝，我就喝了一小口。"

男生摘下口罩，露出那张无比熟悉的脸。

云渺默默走到一边把欣赏帅哥的小姐妹们拉走了。

阿九想和云渺打招呼时发现她已经走了，看到微信上她说先走一步时才放心，阿九重新将注意力转回到对面的人身上，突如其来有种想法——想摸摸他的脸。

但她忍住了，只是问："阿月，你怎么戴着口罩回来？"

"有点感冒。"声音低低的，有点哑，话说完他重新戴上口罩，"这两天你就不要来我房间了，怕传染给你。"

阿九嘴上说着好，实际上总是喜欢违逆他，她帮他拉着行李箱："对了，你怎么拎着行李箱出来？你是不是刚下飞机？你怎么没喊我去接你？"

她问题好多。

宋樾有点想笑："本来打算回去给你个惊喜，不过打车回去的路上正好看到你在这边就过来了。"

"那你提前回来干吗呀？"她一无所知，抬头看他。

宋樾低了低头，隐藏在口罩后面的嘴角轻轻勾起："有人想见我，我就回来了。"

阿九被他那双黑色的眼睛看得略微怔愣，清醒过来后，扭过头，偷偷用手摸摸脸。

咦？好烫。

"可是我又没说想你……"她嘴硬。

他倒是也没有反驳："嗯，反过来才对。"

反过来？什么反过来？

走出好几步之后，她才猛地反应过来。

有人想见我，我就回来了。

这句话不对，反过来说——

我想见某个人，所以我回来了。

宋樾回来之后的生活和之前没什么两样，如果非要说哪里不一样，大概就是阿九每天都很有精神。

早上阿九去找宋樾，打游戏、看书、刷题、追剧，做啥都要拉着他一起。

中午吃完饭午睡，下午继续上午没做完的事。

晚上安心躺下，道声晚安，美滋滋入睡。

作息健康，心态青春，每天都过得开开心心，开学之后也只是把每日闲玩换成上课而已。

冬天过去后又是漫长的春夏，即将到来的高三也开始给众多学子平添了压力。

阿九提前刷完一套题后开始收拾房间，看着柜子里去年的旧衣服，心痒痒想买新的。

宋樾倒是对新旧衣服没有感觉，他的衣服十件有八件都留下过阿九造作的痕迹。

不小心滴落的辣椒油印记，偶然溅起的麻辣烫汤汁，泡面汤的点滴。

宋樾看着去年的春夏衣服，想着这些衣服还能不能再穿一年。

阿九拿着两件衣服往他身前比画，轻拍他胸口，斩钉截铁道："不能穿了。"

她站在他身前，发顶毛茸茸的，灯光落在她茶色的发丝上，让人有点手痒。

甚至心痒。

他遵循本能，抬起手，温热的手心覆着她的头发。

似乎又矮了些？他不经意地想。

阿九感觉到脑袋上的重量，茫然抬头，眼睛里倒映出他的身影，声音饱含着几分柔软："阿月？"

他垂下眼睫，收回手，指尖轻轻贴着手心，面上依旧是那副漫不经心任她为所欲为的模样："有两根头发翘起来，我帮你按下去了。"

"哦，按得好。"她赞同。

"对了阿月，你看这个袖子，又短了。"

"短袖穿上肯定也很紧。"

"哎呀，你长得太快了，今年比去年又高了将近三厘米呢，再长下去你就能参加奥运会篮球赛了。"

阿九絮叨完，兴致勃勃地拍板决定："所以一起去买衣服吧。"

宋樾觉得她只是想去逛街，并且还想找个免费给她拎包的苦劳力。

周不醒好巧不巧这个时候来找宋樾，说是要去买电脑配件，一听宋樾要和阿九去逛街，沉默一瞬，头也不回地跑了。

宋樾看了眼手机，周不醒不怕死地给他发了微信。

周不醒："简直是折磨！"

宋樾："那是你。"

周不醒："……"

宋樾："算你走得快。"

走得再慢一点他就要把人踹出去了。

阿九把宋樾书包上挂了一整年的粉色月亮摘了，换了个蓝色的小海豚，她刚要把粉色月亮揣起来，宋樾就把月亮从她手中抽回去，转手挂到书包右边。

左边是蓝色海豚，右边是粉色月亮。

阿九有些蒙："你这么喜欢粉色月亮吗？"

"挂出感情了。"宋樾食指散漫地拨弄着挂饰，刷子似的眼睫低垂，随口说，"两个而已，多一个不多，少一个不少。"

阿九心想也是，转了两圈后终于找到一个差不多的粉色月亮挂饰别在了自己的书包上。

宋樾走在她身边，单肩包上挂着两个挂饰，两人离得近，他书包右边的粉色月亮不小心撞上阿九书包左边的粉色月亮。

阿九习惯性拽住他的书包带子，拉着他往里走。

两天后，云渺第一个注意到阿九和宋樾同款的月亮，有些诧异："你俩？"

宋樾看她一眼，她瞬间明了。

阿九疑惑："什么？"

云渺连忙摇头："没什么，我随口一说……你什么时候换的这个挂饰？"

"就前两天。"阿九说。

"哦，你俩又一起去逛街了？"

"买了一些衣服。"

阿九拉开校服拉链展示她里面穿的衣服，衣服前面印着大大的两个字：暴富。

然后她转身去拉宋樾的校服拉链，里面的衣服同样印着两个大大的字：发财。

阿九站在他身边，指指自己，再指指面无表情的宋樾，眉飞色舞："这就是我以后的人生愿望了！"

云渺："……"

阿九转身摸摸宋樾衣服上的"发财"二字，表情郑重而严肃："我将愿望分一半给阿月，这样我们未来实现共同暴富的机会就会大一点。"

云渺："……"

行吧，她高兴就好。

但云渺着实没想到，宋樾会这样纵容阿九，不仅陪她闹，甚至还一边慢腾腾地拉上校服拉链，一边故意逗阿九。

"我要是真暴富了，也不会把钱分你。"

阿九想也没想："没关系啊，你开心才是最重要的。"

云渺总算明白为什么宋樾会这么纵容阿九了。

和这样一个开朗乐观又单纯可爱的女孩子朝夕相处十几年，谁能舍得苛责她。

在云渺出神的时候，阿九做贼似的，悄悄拉了拉宋樾的书包带子，挨到他身边小声说："阿月，以后你要是真暴富的话，肯定不会那么小气的吧？"

"你说呢？"

阿九纠结："我就是不确定你在想什么才问你的，毕竟你们天才的脑子构造和我们普通人的不太一样。"

按照她这个说法，她一直看不出来他对她的感情倒也不稀奇了。

　　宋樾看她两秒，几不可见地叹了口气，随后抬手将她左边滑落的书包带往上提了提，嗓音低而轻。

　　"都给你。"他停了一下，又说，"全部上交。"

第四章

阿九妹妹

-BUNENGHEBIERENTANLIANAI-

　　高三分班后阿九终于和宋樾分进了同一班，唯一美中不足的
是，宋樾太高了。

　　班主任说，像宋樾那么高的，要么坐靠讲台的单独座位，要
么坐最后一排。

　　话说靠讲台的座位那么高调，一向低调的宋樾当然选最后一
排了。

　　一班人员变动不大。

　　宋樾高一就和周不醒坐最后一排，班主任早习惯了，最后只
按照之前的名单进行了一点细微的位置变动。

　　阿九因为身高缘故被安排到了第一排，上课之前总是喜欢往后看一眼。

　　她每次回头都能看见宋樾也在笑着看她，感觉好像他一直都在看着她。

　　开学没多久，云渺在教学楼下遇见阿九，假装哭哭啼啼地握着阿九的手说："我的好同桌，我好想念你，我们再也不能一起上课偷看漫画了。"

　　阿九纠正："是你偷看漫画，我帮你把风。"

　　云渺当作没听见："我们也不能在课间分享纸片人帅哥了——对了，我昨天分享给你的帅哥，你看了吗？"

　　阿九回忆了一下："嗯，看了。"

　　"帅不帅？"

　　"帅。"

　　"哪里帅？"

　　阿九回忆了一下，肯定道："大长腿！"

　　云渺在笔记本上写了几笔："我知道了，原来你喜欢大长腿，下次继续。"然后摸出手机，打开相册想给阿九看更多的大长腿帅哥。

　　宋樾伸了一只手过来，侧眸瞧着蠢蠢欲动的阿九，语气淡淡："回班了。"

　　"等一下等一下，渺渺还没给我看……"

　　话没说完，云渺立马关上手机，顶着宋樾平静却充满压力的目光，转头对阿九坚定道："我存的都是没腿的，以后有机会再给你看有腿的。"

　　阿九："？"

　　这话怎么听起来怪怪的？

　　云渺看着他俩上楼，又看了看宋樾的背影，目光最后落在他那双腿上，嘴巴张得圆圆的。

　　阿九晚上回到家发现微信上多了条云渺的消息。

　　云渺："你觉得宋樾腿够长吗？"

　　阿九的脑子里不由得浮现出宋樾平时在家里穿着黑色长裤的模样。

　　懒散站着时修长挺直，随意坐着时腿线轮廓又清晰惹眼。

　　她思绪一滞，莫名地嗓子发干。

　　楚酒："……长。"

　　阿九的新同桌是个短发的女生，叫陆行云，成绩稳定，名次基本都在前十名，有时甚至直奔第二名。

　　阿九早就听说过她。陆行云英语特别好，还代表学校去参加过一些英语竞赛，之前英语老师上课时就提到过她，除此之外，她人长得也好看，看起来有些冷漠，实际上只是不太擅长和人聊天。

阿九是偶然发现的，起因是有一次陆行云忘了带试卷，假装翻书包找了很久，偶尔偷偷看她一眼。

阿九刚开始以为她真的只是在找试卷，过了会发现她总是偷看自己，有点纳闷。

直到上课，陆行云也没找出新试卷，阿九明白了，主动把试卷与她分享。

阿九发现陆行云连笔盒也忘了带。

和冷淡外表极为不符的呆萌反差瞬间吸引了阿九的注意力，她本来就很喜欢交朋友，这之后她总是找各种借口和陆行云聊天，从喜欢的纸片人讲到最近的电影，从流行歌曲讲到天上的星星。

陆行云大部分时候是简短应答，之后若是听不见阿九继续说，还会傻傻地戳戳阿九胳膊问她怎么不说了。

阿九总是神秘兮兮地笑，稳稳拿捏了陆行云的性格。

第一次月考后，作为英语课代表的陆行云抱着一沓答题卷回到教室，给了阿九一半答题卷请她帮忙发，而宋樾的答题卷刚好就在阿九这里。

阿九把宋樾的答题卷放到最后，发完后挨在他身旁，好奇地探头打量他答题卷上的英语作文。

他不仅汉字写得好看，没想到写出来的英文居然也这么好看，要不是老师不让高考写花体，估计宋樾还能来一手花体英语作文。

阿九眼露羡慕。

宋樾托着她下巴将她脑袋抬起来，声音懒懒："离远点看，伤眼。"

她还没说什么，旁边的周不醒故意阴阳怪气道："唉，我平时趴在卷子上刷题也没听你提醒我伤眼，我们六年的同桌情真脆弱啊。"

宋樾看都没看他，在桌子底下直接给他一脚。

阿九说："你们的感情才六年，我们的感情可都十几年了。"

周不醒露出个古怪的笑："哦哟，原来你们的感情这么深——厚——"

宋樾淡淡看了周不醒一眼，周不醒立马闭了嘴，转头看向窗外，欲盖弥彰："今天天气真好啊。"

连带着旁边几个男生也纷纷挤眉弄眼地往窗外看，跟着重复："对对对，今天天气真不错。"

等阿九走了，宋樾转着一支笔，缓缓开口道："这周不打排位了。"

周不醒等人"唰"地抬头："什么？为什么？你在外面有别的人了吗？我们可怎么办，不能赢的人生不是快乐的人生！"

宋樾微微抬眼，似笑非笑。

几人瞬间改口："没有月月，我们都是不快乐的。"

宋樾面无表情："闭嘴。"

众人号叫："哥！月哥！宋哥！为什么，这是为什么？"

宋樾把桌子往外面挪了挪："最近天气不错，很适合睡觉。"

"嘤嘤嘤。"

"下周也适合睡觉。"

"……"好的，闭嘴。

阿九回到座位时，陆行云正托着下巴，表情微妙地盯着她。

阿九坐下后摸摸脸，有种毛毛的感觉："干吗这样看着我？怪吓人的。"

陆行云眼都没眨，张嘴就是一句："你和宋樾真的只是普通朋友？"

阿九想也没想就否认道："当然不是。"

她认真地补充："我们是青梅竹马，是彼此最好的朋友。"

陆行云："……"

陆行云摸摸阿九的额头，满脸狐疑："你还好吧？"

阿九："？"

陆行云说："我觉得，大家应该都能看得出来你俩的关系，不是简单的'青梅竹马'四个字就能概括的。"

阿九一把拉开校服拉链，露出里面的"暴富"二字："那当然了，我们除了是青梅竹马，还是要共同走向暴富之路的社会好青年。"

陆行云："……"

新的一周体育课需要练习 800 米，陆行云跑完之后整个人都虚脱了，半跪在操场上扶着腰转头一看，发现阿九也满脸痛苦，但她没坐下。

宋樾拿着一瓶冰水，正后退着引阿九多走几步。

阿九腿酸得不行，想就地休息，可是宋樾不让她坐下，非得用冰水为诱饵让她多走几步，还借给她一只手让她搭着走。

她走一步，他退大半步，她再走一步，他再退大半步。

右手的冰水在他手中摇晃，瓶身上的水珠掉了下来。

"三——"

他开始倒数。

阿九迫不及待地喊："二一！"

她喊完就扑了上去，被他接了个满怀，但也只是一瞬，他很快放开她，把冰水递给她，阳光下的眉眼干净又温和。

"早和你说了这周开始要跑 800 米，你装听不见。"宋樾点了下她脑袋，指腹不经意地拭去她颊边的汗水。

"跑 800 米痛一时，跟着你从学校跑到家再从家跑到学校，那要痛无数次。"喝完水勉强恢复精神的阿九振振有词，"痛无数次和痛一次我当然选后者。"

宋樾呵笑："那你等着下周继续痛吧。"

阿九瞳孔放大："下周还跑？不是这周跑完就结束了吗？！高三为什么还要测这么多次？"

宋樾扯了下嘴角，眼角眉梢都是"你做梦呢"地嘲笑："这学期至少还要再测两个月。"

阿九腿软直接躺倒，冰水盖在额头上，凉冰冰的触感从脑袋传递到心脏。

"啪嗒！"

冰水掉了下来。

她浑身酸软，懒洋洋地不想动，任由它越滚越远。

反正又没人拿。

"800米简直是人间酷刑，到底是谁提议的800米？"阿九望着苍穹，失神呢喃。

她盯着天空看太长时间，阳光有些刺眼，她再眯眼时眼泪顺着眼尾滑了下来。

眼前很快出现一片阴影，宋樾坐在她身侧，一手拿着滚出去的冰水，一手将她躺下时不小心卷起的衣摆扯平。

清凉的阴影倾斜而下，刚好遮住她的脑袋，阳光照不到。

"明天要不要跑步去学校？"

"不要。"

"下周继续这样？"

阿九想起什么，腾地翻身坐了起来，阳光重新将她笼罩，她盯着宋樾，一本正经地说："我觉得不公平。"

宋樾好整以暇地看着她："哪里不公平？"

"明明我们都没有练习跑步，为什么只有我跑完腿疼，你没有半点反应？"

不只是他，好多男生跑完都没什么反应，难不成天生就是这样？阿九感到悲伤。

宋樾轻挑了下眉，唇角染笑，反问道："你怎么知道我没反应呢？"

"你这个样子看起来就不像是有反应的啊。"阿九理直气壮，试图伸手去捏他的小腿，被他轻拍下手背，阿九撇了下嘴，还在作死地想要去捏他的腿。

"别随便动手动脚。"

宋樾移开一条长腿，另一条腿屈起，单手搭着膝盖，左手的冰水瓶盖向外，示意她再乱动就不客气了。

阿九说："我只动了手。"

还没动脚呢。

这么说着的同时，她用右脚去碰他伸平的那条大长腿，被他避开了。

阿九不放弃，似乎是找到了体育课接下来的乐趣，竟然手脚并用去挑衅他。

宋樾任由她胡闹，只随意避开两次，之后便随她乱捏。

没什么力气，像猫爪子挠人罢了，正好又晒着太阳，还挺舒服。

宋樾微微眯起眼，指挥道："再用点力。"

阿九："……"

真把她当仆人使唤了？

阿九发现他是真的腿不酸腰不疼，内心越发悲愤交加，撒开他的腿重新坐回操场，正准备继续躺下晒太阳时忽然发现了什么。

她挨着他的位置，伸直自己的腿，绷直脚尖也只能勉强碰到宋樾白鞋的鞋带。

"你的腿好长……"她喃喃。

她一直知道他腿长，但没想到对比起来差距如此之大。

——你觉得宋樾腿够长吗？

云渺一个月前发的微信倏然闯入脑海。

一秒，两秒。

好几秒过去。

明明还是晴空高照，浑身发热的阿九却陡然激灵了一下。

宋樾察觉到她不对劲的状态，抬手碰了下她脑门："怎么……"

她蹭一下站了起来，原地停了两秒钟，然后猛地后退几步，远远望着他的目光透露出一丝难以掩饰的惊慌。

宋樾眉心蹙起，撑在草地上的指尖陷入地中，有点湿。

"阿九？"他起身。

没等他再说下一句，阿九慌乱地转身就跑，跑了两步又停下，似是在原地挣扎什么，接着折返回来，一口气说完："我只是突然想起来一件事，所以现在有点慌，但和你没有关系，不要担心！"

她说话的时候完全没敢看他的眼睛，说完再次跑掉。

宋樾凝视着她的背影，觉得她根本就是在说废话，要是真和他没关系，她刚才说话为什么不敢看他的眼睛？

跑出去的阿九半路撞到一个人，两人站稳后，对视一眼。

陆行云瞅着她一副好像刚干了什么坏事的样子，试探性地开口："你怎么了？"

阿九努力让自己平静下来，很勉强地露出一个笑："没什么，我、我就是想去卫生间了。"

陆行云当真了，说："那我和你一起去。"

阿九度过了十七年来最难熬的一个下午，因为她惊恐地发现，她的心不再那么纯洁了。

尤其是当她面对宋樾这位全世界最好的朋友时。

她也不知道该怎么具体形容，好像是意料之中，又好像是意料之外，总之，这种感觉实在是让她心情复杂。

宋樾的腿是真的挺直板正，手指也是白净瘦长，脸更是无可挑剔的好看——从眉到眼，再到偶尔恶劣弯起的唇，没有一处不惹眼的地方。

以前怎么就……没这么蠢蠢欲动呢？

阿九猛地抬手扇风，感觉好不容易凉下去的脸又开始发烫。

快要下课了，讲台前的语文老师讲得差不多了，这会儿也放下课本，目光飘忽一圈后幽幽开口："今天是不是很热呢？"

有人接口："对啊对啊，太热了，老师能不能开会儿空调？"

"刚上完体育课，真的热。"

"不开空调开会儿风扇也行啊！"

阿九："……"

阿九默默放下手，下午放学都没敢等宋樾，老师刚走她就拎上书包夺门而逃，其速度之快，让陆行云都忍不住咋舌，余光瞥见旁边走来个修长人影，忍不住喊了他一声。

"宋樾。"

宋樾微微侧过头。

陆行云不太喜欢主动和人交谈，不过阿九今天的反常让她下意识觉得这个事儿可能和宋樾脱不了关系。

"你和阿九……吵架了吗？"

宋樾直接转身直视着她："吵架？"

陆行云指了指阿九离开的方向："她今天情绪很低落，我提到你名字的时候她甚至故意转移话题，但是体育课之前她还跟我说你今天很帅。"

阿九经常夸宋樾，不管是在宋樾面前，还是在朋友面前，她从来没有掩饰她对宋樾的欣赏与羡慕。

宋樾偏转眼眸，前方还有几个学生并行的背影，阿九则早就跑没影了。

周不醒也发现宋樾和阿九的不对劲，他眼睁睁地看着阿九放学一个人跑掉，目瞪口呆地望着她飞也似的背影，这会儿才回过神，卷了一本习题册跟着宋樾走向食堂，准备边吃饭边刷题，满脸纳闷。

"你俩真吵架了？"

宋樾面无表情："我能和她吵起来？"

"也是。"周不醒嘀嘀咕咕，"哪次不是你让着她，就差让她爬你头上——"

后面两个字被吞了回去，宋樾扫过来的眼神太冷了。

周不醒面不改色地改口："不过你俩到底怎么回事？我看体育课还好好的，一转眼怎么就变成这样了？"

"我要是知道，现在就不会和你一起吃饭。"宋樾没胃口，放下筷子，不想吃了。

当事人都想不到怎么回事，周不醒就更想不通了，于是便随口乱说："不会是你做得太明显，被她发现你在想什么了吧？"

宋樾脚步一顿。

周不醒愣住："不会吧，不会真是你露馅了吧？"

宋樾眉心轻皱，脑海里闪过体育课上的一幕幕，他替阿九挡太阳，给她递水，替她捉下卷起的衣角，陪她胡闹。

以及她逃走之前的慌乱表情。

宋樾神色越来越凝重。

至少有五分的可能性。

周不醒惊了："你以前做得也很明显，那样她都没发现，今天上个体育课你就暴露了？你对她做什么了？"

越想越觉得事情不对劲的宋樾心里有点烦，对周不醒的话充耳未闻。

"不会吧，不会吧，这个节骨眼上闹这出？三年努力打水漂了啊。"

宋樾冷笑着看他："我上个月借你的三千块钱什么时候还？"

周不醒："……"

提钱就太伤感情了。

"所以真被发现了？"周不醒不死心。

宋樾决定接下来一整年都不会再借给他一分钱。

最近吃饭时的气氛很奇怪，连谢青絮都察觉到了。

她喝了口粥，左边看看自家心无旁骛埋头吃饭的女儿，右边看看垂着眼皮心不在焉的宋樾，脸上慢慢露出看热闹的笑。

嘿，有趣，这两人竟然闹别扭了，多少年没发生过这种事了？

谢青絮有种火上浇油的冲动，她格外怀念这两个孩子小时候互不相让的争吵。

随着宋樾长大，他越来越懂事，话也少了些，性格没有小时候那么锐利张扬，反而变得懒洋洋的，像一只收了爪子待在窝里晒太阳的猫。

阿九倒还是孩子心性。

有时候阿九会作威作福地爬进宋樾窝里，宋樾不以为意，只是伸出爪子敷衍地把她推出去，她挣扎着要爬进去，他也就是假装一下，随后就把人放到爪子底下顺毛。

像如今两人互相怄气的情况，还真是少见。

谢青絮眼见着他俩闹别扭闹了好几天，在心里轻"啧"了声，终于决定来添把火，为自己无趣的生活加点色彩。

"你们两个，吵架了？"

谢青絮冷不丁开口让阿九呛了一下，眼神慌乱，却死鸭子嘴硬："什么吵架？才没有吵架。"

宋樾停下动作，偏转视线看了眼抽纸的位置，似乎是想给她递张纸巾，不知想到了什么，按捺着没动。

谢青絮将他俩脸上细微的表情尽数捕捉进眼底，心中暗笑，面上却依旧是一副和蔼可亲的长辈模样。

"小孩子么，吵吵架也好，反正都不记仇。"

阿九没憋住，小声反驳："没吵架。"却不敢抬头看宋樾，手指无意识地搅弄碗里的粥。

宋樾声音也很平静："青姨，我和阿九没吵架，不用担心。"

谢青絮说："我担心什么，我巴不得你俩吵架。"

阿九："？"哪有这样当妈的？

宋樾："？"哪有这样怂恿人吵架的？

谢青絮放下手中的勺子，笑眯眯地瞧着他俩："你俩是不是都忘了你们多少年没吵过架了？"

阿九下意识地反驳："我们天天都吵架的。"

"哦，你说的是那种每次都是小樾让着你的小孩子才玩的吵架吗？"

阿九哑然。

真的吗？宋樾每次都让着她吗？

阿九陷入了沉思。

谢青絮又看向宋樾，意味深长："小樾，你也是，明明只比阿九大两个月而已，干吗总觉得做哥哥的一定要让着妹妹呢？"

哥哥，妹妹。

这两个关键词轻轻触动着阿九颤抖的心，她飞速抬眼瞄了眼宋樾，发现他脸上也出现了一丝奇怪的表情。

宋樾沉默了下，简单地回了两个字："没有。"

说话间，两人一次对视都没有，各自怀揣着某种不可言说的猜测，却默契地选择站在同一阵线。

"总之，我们没有吵架。"阿九说。

宋樾点头表示赞同。

谢青絮微笑："真的没吵架？"

"真的没吵架。"阿九肯定道。

谢青絮表示了解，随后重新拿起勺子，沉吟片刻，不疾不徐地提出一个建议："既然你们说没有吵架，那你们就互相给对方夹点菜，再说句话活跃一下气氛吧。"

阿九："……"

宋樾："……"

这可真是，太难为人了。

阿九心里有鬼，不敢抬眼看宋樾，很艰难地才从嘴里挤出几个字："说……说什么？"

宋樾握着勺子的手骨节分明，神色波澜不惊，心里却也不太安宁，毕竟他还是挺了解青姨的，知道她只是表面上看起来比较温柔。

谢青絮睐着阿九，托着下巴佯装思考，随后轻飘飘地开口："阿九你就说，宋樾哥哥，吃菜。"继而转眼看向宋樾，唇角一弯，不怀好意道，"小樾你就回，阿九妹妹，喝粥。"

阿九："……"

宋樾："……"

阿九年纪还小的时候确实叫过宋樾哥哥，后来也不知道什么时候开始就直呼起了他的大名。

再后来，长辈间一次偶然的聊天，她听见宋叔宋姨原本给宋樾起的名字叫作"宋樾月"，因为"樾月"读起来像叠词，被长辈们直接否决了。

阿九悄悄记下了这个名字，也是从那个时候起张口闭口就是"阿月"，不开心或者故意挑衅时就会捏着嗓子甜腻腻地喊"月月"。

宋樾不喜欢这个名字，只要她这么叫，他就会捏她的脸威逼利诱她改口，她每次都能凭借此获得不少好处，于是便开始乐此不疲地坑他。

后来也不知道怎么竟渐渐淡忘了这个称呼，经过谢青絮这么一提醒，阿九才想起这茬事。

她小时候是真的把宋樾当亲哥哥的，被人欺负了就去找宋樾求助，作业写不完就扒拉宋樾熬夜抄作业，过马路一定要和宋樾手牵手，晚上做噩梦被吓得睡不着时，哭着吵着藏进宋樾被窝里抱着他睡觉。

他俩小时候的共同回忆太多了，随便挑一件出来都会让人忍不住捂脸逃跑。

这会儿经谢青絮一提醒，几乎是瞬间，阿九想起小时候跟在宋樾后面颠颠地喊他哥哥的画面。

五岁六岁时的"哥哥"，八岁九岁时的"月月"，十二三岁时的"阿月"。

现在再要她当面喊他哥哥，实在是太难为人了。

于是她憋了半晌，憋到几乎忘记呼吸，始终张不开这个口。

谢青絮敲了下桌子，催促道："不是说没有闹别扭吗？连句话都不肯和对方说，这叫没有闹别扭？"

阿九心想就算是闹别扭也是她单方面和他闹别扭，跟他没有关系。

她想通了，深吸口气，正要开口假装"冰释前嫌"时，就听宋樾不咸不淡的声音响起。

"下巴上沾了颗米粒，阿九。"他伸手递来一张纸巾，微微弯曲的手指骨节分明。

停顿一瞬，他几不可见地皱起眉，缓慢添了两个字："……妹妹。"

阿九的心"唰"地沉了下去。

周不醒知道这件事时笑得满床打滚。

"你真喊她'妹妹'了？你究竟怎么想的？你这一声'妹妹'喊出口，你以后再想改口可就难了。"

宋樾一脚把他从床上踢下去，一脸冷淡："不然怎么办？让青姨看出来我的心思？"

长辈的存在就像一座山，尤其是看着他俩长大的这位长辈。

宋樾从小就不大听话，父母不管他，爷爷辈的长辈住得远也管不着他。

他小时候性格乖张，被人欺负了二话不说就打回去，从没输过，走到哪儿都自带距离感，没人敢接触他，大人们都觉得他这个小孩很坏，长大后肯定也不会是个好人。

除了阿九。

阿九很天真，不怕他，会牵着他的手和他分享玩具和作业，也会牵着他的手和他一起过马路，上学排座位更是缠着要和他同桌。

她会不怕死地欺负他，也会戳他的脸要他笑一笑，还会往他身上挂好多奇奇怪怪的小挂饰，走路的时候叮叮当当地响，她会清脆地笑出声。

谢青絮发现他的父母不怎么管他，保姆话也少，再这么继续养下去不利于孩子的成长，便主动把他接过来，两个孩子一起照顾。

对宋樾来说，谢青絮比他那对常年不沾家的亲生父母还亲，他可以不理会自己父母，却不能不理会谢青絮。

这也是最让他头疼的，他摸不准谢青絮的态度。

宋樾这几天已经在脑子里想过无数遍和谢青絮坦白的画面，事实上他确实也打算和谢青絮讲清楚这个事儿，可谢青絮就像是猜到他的心思一样，每一次都不着痕迹地把他要说出的话堵了回去。

这便让他越发捉摸不透了。

宋樾郁闷地闭了闭眼，顺手抽了本书盖在脸上，这会儿他更不想说话。

周不醒拍拍屁股站起来，拉过一张椅子跨坐，纳闷道："话说回来，我也见过楚小九她妈妈几次，她妈妈看起来很……怎么说呢，就是有种'扮猪吃老虎'的感觉。"

宋樾心里有点烦，没搭理他，开始在心里捋顺这几天发生的一堆事，皆是一团乱麻。

周不醒还在自顾自地说："我觉得吧，楚小九她妈妈未必看出来你的心思。"

宋樾仰头搭在床头，下巴到颈项的线条微微绷直，喉结随着他的话音而细微滚动。

"就是因为看出来了，那天晚上青姨才会用那种话提醒我。"

其实这只是一种猜测，可能性占一半，谢青絮是在警告他收敛。

也有另一半可能，谢青絮玩心大发，故意逗他俩。

宋樾实在摸不透谢青絮的意思，这才和周不醒简单讲了这件事，结果周不醒也没派上什么用场。

周不醒撑着下巴思考了一会儿："所以楚小九这两天的奇怪也有迹可循了，她真的看出来了，但一时无法接受，这才选择尽可能地躲避你。"

这几日整个一班都看得出来，阿九在尽量减少和宋樾的接触，在班里甚至都不和他说话了，上下学也不坐他的车，说是要练习跑步为 800 米测试做准备。

明明之前还死活不愿意跑步的，嘴上说得好听，痛两个月不如痛一时，结果呢？扭头就把他甩在身后。

总而言之，阿九已经好几天没主动和宋樾说话了，就连晚上吃饭时也是能少说话就少说话。

宋樾总觉得阿九这个反应不太对劲，但又说不上来哪里不对劲，他总不能直接撬开她脑袋和嘴巴问为什么。

"为什么不能直接问？"周不醒旁观者清，"你俩这个关系，与其这么藏着掖着，还不如直接当面问，你又不是不了解楚小九，你不给她掰扯清楚了，她搞不好自己越想越多，到时候想错了方向，够你受的。"

宋樾微微皱眉，抬手拿掉脸上的书。

周不醒觉得是时候发挥自己的看家本领了，当场拿出手机给阿九发了条微信。

周不醒："楚小九，快来看热闹，阿月又被女生堵了。"

宋樾看见周不醒发的微信消息，眼神瞬间变了。

在他"灭口"周不醒之前，阿九的微信就回了过来。

阿九："我走不开啊，有几个学长堵住了我的路不让我走。"

周不醒："什么？堵你干什么？"

　　阿九："说是有话想跟我单独说，他们人有点多。"

　　周不醒："……"

　　好家伙，摊上大事儿了。

　　周不醒看见宋樾原先平静的脸色瞬间变成风雨欲来的阴郁，实在没忍住，单手扶着床头柜弯腰哈哈大笑，笑声着实令人烦躁。

　　宋樾寒着脸，嘴里冷冷蹦出三个字："周不醒。"

　　周不醒感觉到危险来临，立马闭上嘴远离宋樾，带着点看热闹的心态看着宋樾换完衣服头也没回地出了门。

　　周不醒笑够了，抹了抹笑出来的眼泪，给阿九发微信。

　　周不醒："楚小九，你现在在哪儿呢？"

　　楚酒："我在体育馆呢。"

　　周不醒："学长帅吗？"

　　楚酒："还行吧，比你帅。"

　　周不醒："……"这就过分了吧。

　　周不醒趴在椅子上仔细想了想，报复性地给阿九发了一条提醒微信。

　　周不醒："体育馆今天的空气怎么样？"

　　楚酒："挺好的啊。"

　　周不醒："珍惜现在挺好的空气，过会儿就会变成酸的了。"

　　楚酒："？？？"

阿九已经郁闷了快一个月，夜里甚至辗转反侧睡不着，之前还可以借着期中考试要忙着刷题让自己不去想别的，现在试也考完了，成绩也不错，根本没办法继续麻痹自己了。

阿九越想越气，一脚踢到体育馆的墙上，她面壁而立，看着倒像是在面壁思过，可怜巴巴的，像只落水小狗。

云渺刚刚过来就看见她莫名其妙踹墙，犹豫了一下，拍拍她肩膀："你今天到底怎么了？"

"……没什么。"阿九感觉胸口堵着一口气，说话也有气无力。

"真没事？"云渺不太相信，上下打量，"你是不是和宋樾闹矛盾了？"

阿九一惊。

云渺懂了："你们果然闹矛盾了。这几天放学我看你都是一个人在前面走，宋樾跟在你后面都没有和你说话。"

阿九愣了下，转身看她："他跟在我后面？"

云渺也有点傻眼："你不知道啊？他跟在你后面这么明显呢，你居然没回头看一眼？"

"……"

她哪敢回头看？她恨不得出了校门就一步到家。

云渺给她塞了一瓶水，拉着她去旁边休息区坐着。

体育场里人声嘈杂，云渺神色严肃地开解道："你们闹什么矛盾了，你居然舍得这么躲着他？"

"……什么舍得不舍得。"

阿九抓了抓头上的鬏鬏，自从和宋樾闹别扭之后，她的头发再次恢复以往的简单风格。

宋樾没再给她编过头发了。

想到这儿，阿九有点难过地摸了摸头发，语气带着些许忧伤："渺渺，我多了个哥哥。"

云渺："？"

云渺诧异："亲哥哥还是干哥哥？"

阿九憋了两秒钟，觉得继续这么下去不是个事儿，而且她本来就不是能憋住话的人，更何况这几天她真的快难过死了，好几次想找云渺聊聊这个事，可一想到宋樾的态度就难过得不行。

于是她再次开口，声音带着委屈："是宋樾。"

连昵称都不叫直接喊大名了，这事情还挺严重。

云渺把她的脸掰过来，认真地看了她一会儿。

阿九是个很好看的姑娘，五官不是耀眼到扎人的那种，而是偏柔软可爱的，双眼皮，圆眼，天生笑唇，即使是难过，唇角看起来也是微微上翘的。

头发不长不短，茶棕色，额前留着蓬松的薄刘海，睫毛又长又卷，虽然比不上洋娃娃，却也让人羡慕。

这姑娘不仅好看，性格也好，遇见挫折时总是用最乐观的态度去面对，开朗活泼得像一朵盛开的不会凋零的花，快乐的心情很容易感染周围的人。

她很少会像如今这样持续好几天的蔫头耷脑，消极得让人忍不住想往她头上浇点水。

云渺轻吸了口气，小心翼翼地试探："你是不是……"

阿九看她。

两人对视十秒钟，云渺倒吸了一口冷气："真的？"

阿九："要是假的我也不会纠结这么久了。"

接着她又有点坐立难安地问："很明显吗？"

云渺："……其实不是很明显。"

说实话，如果不是她认识阿九的时间长，确实不会想太多，毕竟阿九消极成这个样子，只会让人以为她家里是不是遇见了什么大事儿。

阿九深深叹了口气。

云渺表情十分古怪，她想笑，却又不敢放声大笑，忍了会儿感觉快忍不住了，连忙捂着嘴站起来："我……我去趟厕所！"

等她在厕所笑够了再回来跟阿九说明白。

她离开顶多五分钟，再回来就看见好几个陌生男生站在阿九对面，其中一个还被怂恿着向阿九要微信。

云渺见状，走过去拦在阿九前面，委婉道："不好意思，我妹妹心里只有学习。"

要微信的男生神色尴尬地后退，带着几个壮胆的兄弟默默地离开了。

阿九抱着云渺说："渺渺，幸好你回来了，刚刚我差点就真的给了，他们人太多，我怕我不给会挨打，吓死人了。"

闹了这么一出，阿九已经没了继续待在外面的心情，于是快快不乐地回了家。

谢青絮正在大扫除，阿九放下手机帮忙，自然忽视了手机上宋樾发来的微信。

等她洗完澡重新拿到手机，看清微信上的消息稍微愣了下。

宋樾："在哪儿？"

宋樾："体育馆没有人。"

宋樾："晚上回来吃饭吗？"

宋樾："人呢？"

宋樾："你要是敢跟陌生人出去玩，以后就别想拿我一分钱。"

宋樾："回我消息。"

后面还有几条消息，一条比一条语气差，差到她以为小时候那个脾气超坏的宋樾又回来了。

除了微信，未接来电也有不少，她上学时手机会习惯性调成振动，平时也懒得调回来，振动模式就这么持续着，阴差阳错便没接到他的电话。

此时，未接来电里红彤彤一片，看得人眼珠子都映着红。

阿九盯着他的名字，心里有种怪怪的感觉，她摸摸脸，还有点烫。

楚酒："我下午在家大扫除呢，手机振动没注意电话，刚刚才看到手机。"

宋樾没秒回。

她犹豫，要不要给他回个电话报个平安？

紧接着，他的微信消息就推送进来了。

宋樾："好。"

言简意赅，就一个字，连标点符号都没有。

阿九莫名有些心慌，他不会生气了吧？

外面谢青絮忽然喊她："阿九，盐没了，去超市买袋盐，再带瓶洗洁精。"

阿九应了声，买完东西回来时远远地便看见小区门口宋樾修长的身影。

"阿月！"她下意识地喊了声。

他脚步一顿，豁然回首，雾沉沉的眼底霎时映入她扬着笑的面容，和以前一模一样，没心没肺地张扬快乐。

直到这个时候，他才感觉提起的一颗心重重坠地，再没了那种虚无缥缈的躁郁。

心口空荡荡，继而便是后知后觉的微刺感。

待她走近，他眼也不眨地盯着她，嗓音低缓地说出许久没有说过的两个字："楚酒。"

阿九蒙了下。

他很少叫她的全名，十岁以后更是屈指可数，如今突然这么低沉沉地叫她名字，竟然让她莫名地惊慌。

"怎……怎么了？"她下意识地缩了缩脑袋。

在他看来，她这就是做了坏事的心虚表现，眼角眉梢缓缓爬上尖锐的冰冷。

他朝她伸出手，咬着牙，喉中干涩。

"你要是敢随便答应别人，以后……"

以后怎么样？

打断她的腿？根本说不出这种重话。

别想拿他一分钱？只要她需要，他怎么可能不给她。

不准再和他说话？怕是忍不住的反而是他。

所以，他究竟能怎么样？

阿九有些迟疑地望着他，不过眨眼的时间，她眼睁睁看着他眼底隐晦翻滚的戾气渐渐被一抔苍白色的余烬掩埋，似是挫败，妥协。

"……没什么。"他闭了闭眼，手背轻轻碰了下眉心，再放下手时，眼底一片漠然的平静。

他注意到她手里的盐和洗洁精，还有一袋子水果，他伸手去接那袋水果："回去了。"

阿九"哦"了一声，在他转身率先走进小区时，像想起什么似的，小步跑过去，紧紧跟在他身边，犹豫了几秒钟，最终还是放下所有的顾虑与不自在，讨好地用手指勾勾他的衣袖，轻轻摇晃，像以前一样。

在他侧眸看过来时，她绷着脸，认真地告诉他："阿月，我没有随便答应别人什么事。"

说着，她又补充了一句："所以，我们和好吧？"

第
五
章

向前加速

-BUNENGHEBIERENTANLIANAI-

　　宋樾将目光转移到她牵着的那只外套袖子上，她的手指和他的比起来真的小了很多，像几只夹衣服的夹子，看似抓不住多少东西，却偏偏把他紧紧抓住，从里到外，一丝一毫未曾放过。

　　他沉默了片刻。

　　"嗯。"轻应了声，抬脚往楼里走。

　　阿九拉着他的袖子跟他走，思考了一下，小心翼翼地试探："阿月，如果，我是说如果，如果我真的随便答应别人什么事，比如说给陌生人我的微信……"

　　"那你就别来见我了。"宋樾声音平淡，"我和其他人，你选谁。"

阿九斩钉截铁地答道："当然是选你了。"

说完，她偷偷看了宋樾一眼，不好意思地摸了摸鼻子。

宋樾按电梯的动作一顿，微微侧眸。

阿九看着墙上的电梯数字试图以此转移注意力，从"9"到"8"，再继续往下，她丝毫没注意到宋樾听见她那句话后脸上出现的一瞬愣怔。

随后，他冷笑着掐住她的脸："除了我，还真有其他人？"

宋樾眼眸微眯，周身的冷意几乎凝成冰。

阿九真是有苦难言："我不是我没有！"

"不是没有？那就是有了。"

"不是！"阿九气死了，"你不要胡说污蔑我！"

"所以那个其他人究竟是谁？"宋樾不为所动，直接套话。

"……"根本就没有谁，如果一定要有一个人，除了你还能有谁。

阿九沉默。

这欲言又止的样子像是在明明白白地告诉他：对，有，但肯定不是你。

宋樾眸色微黯，唇线稍绷，电梯到的时候他率先走进去，止步时却仍记得按住开门键等她进来再关上电梯，等她进来后又当作无事发生。

阿九不知道他为什么突然不开心，明明都说了要和好的。

电梯里只有他们两人，她试探性地往他身边站，他侧开。

搞什么？

阿九皱眉，忍了忍，从反光的电梯壁上偷看他，没料到他竟然也正从电梯壁上看着她。

两道目光不期然撞到一起，皆是一怔。

电梯内寂静无声。

两人同时移开目光。

谢青絮不知道他俩今天又闹了什么矛盾，一个坐在沙发这头刷着理综卷子，一个坐在沙发那头刷着数学卷子，谁都不理谁。

都快一个月了吧？再这么冷战下去也不是办法。

她思考片刻，让阿九去洗水果，转头又喊宋樾去帮忙切水果。

两人磨磨蹭蹭地挤进厨房，一声不吭地洗水果、切水果，再次恢复原来的样子。

谢青絮气定神闲地继续支使他俩，反复几次，他俩索性待在厨房不出来了。

谢青絮说要吃酸奶水果捞，阿九也有点想吃，从冰箱找了酸奶，宋樾还在切水果，背对着她，穿着白色短袖，露出的小臂清瘦有力。

阿九磨蹭过去，不敢看他，不情不愿地给他递酸奶。

"我也想吃……"她哼哼。

宋樾切芒果的动作一顿。

阿九盯着他刀下的芒果："我不想吃芒果。"

宋樾沉默一瞬，刀刃向外一偏，将芒果丁推出去："这份给青姨。"

阿九高兴起来，开始点单："我那份要多加点草莓，苹果块切小点，香蕉片要薄点的……"

宋樾睨她："你要求怎么这么多？"

阿九理直气壮："那你记住了吗？"

宋樾无话可说，除了记住还能怎么办？

两份酸奶水果捞最后都到了谢青絮手里，她语重心长地说："小孩子正在长身体应该多吃饭补充营养，我在减肥，正好这两份就给我当晚餐了。"

她明明是下午吃多了，所以晚上才不想吃饭的！

去厨房盛饭的阿九捅了捅宋樾的胳膊，往外面瞄了一眼，压低声音说："等吃完饭我们去外面再买份水果捞吧。"

"不去。"

"为什么？"

宋樾盖上电饭煲盖子，垂眼看她，慢条斯理地说："我要和青姨聊聊如何提高未成年人警惕陌生人搭讪的自我防备意识。"

阿九："……"这个事儿你就过不去了是吧？

没了酸奶水果捞的阿九化悲愤为力量，晚上多吃了一碗饭，肚子已经有点撑了，桌子上的手机此时振动了几下。

是云渺发来的，问她现在看见宋樾是什么心情。

阿九歪头看了眼对面安静吃饭的宋樾，栗色的短发，卷长的睫毛，薄削的唇，以及握着褐色筷子的修长手指。

她突然有点手痒，宋樾的手这么好看，握起来肯定很舒服。

她不自觉地蜷缩手指，艰难地收回目光，深呼吸调整心态，选择性回消息。

楚酒："还能再多吃一碗饭的心情。"

发完，她竟然没控制住笑了出来。

宋樾抬头发现她在玩手机，模糊地看见她手机界面应该是微信聊天框，瞥她："和别人聊天有这么高兴？"

阿九对他的冷眼不以为意，甚至还多夹了两块肉，满眼笑意："可高兴了。"

顿了下，她又说："我在和渺渺夸你长得好看，一看到你的脸我还能再多吃一碗呢。"

宋樾眉眼放松下来，沉吟片刻，朝她伸出一只手。

阿九："干吗？"

宋樾懒懒道："不是还能再多吃一碗吗？我去给你盛饭，开心吗？"

阿九："……"

开不开心不一定，但再吃一碗饭她肯定得撑死。

阿九并不知道她今天的反复无常让宋樾又一次失眠了。

他在想她这几天究竟是怎么回事，想来想去也没想明白，问周不醒也没用，周不醒只会幸灾乐祸，还不如不问。

宋樾翻身，仰面躺着，房间里很静，楼下也很安静，只有他的心不够静。

"叮咚！"

微信突然响起。

阿九："阿月阿月，你睡着了吗？"

他没回，想看看她究竟想干什么。

没多久，她果然又发来一条新消息。

阿九："宋月月？"

宋樾一看见这个称呼眼皮一跳，忍无可忍地回她。

宋樾："大晚上不睡觉，扰民呢？"

阿九："你不是也没睡吗？"

阿九："你要是不回我，我还打算发给宋朋试试呢。"

阿九："而且我也不算扰民，我这是扰月。"

宋樾："又想干什么？"

阿九："不干什么啊，就是想给你发微信。"

阿九："好了，微信发完了，晚安阿月。"

宋樾："……"

大半夜发微信就是为了发一句"晚安"？

再过不久就是运动会，阿九报了名参加跳远，比起其他的项目，跳远简单多了，不过她跳远也只是一般，而班里没有跳远成绩更好的人。

越是临近运动会，阿九越紧张，甚至焦虑。

"明明一开始只是被体育委员怂恿报名的，现在反而越来越害怕跳不好丢人。"她原地转着圈叹气，"还有一个星期就是运动会了，也不知道有没有什么临时抱佛脚的办法能让我跳得更远点。"

"跳远？"云渺有些诧异，"你报名跳远了啊？"

阿九有点沮丧，体育委员和陆行云关系比较好，怂恿陆行云和她一起报名参加运动会，因为班里报名的人太少。

她耳根子软答应下来，现在后悔也没用。

云渺拍了下大腿："我都给忘了，我哥就是 A 大体育特长生啊，他应该知道怎么练习比较好吧？我问问他能不能帮忙。"

半小时后，云澜的答复发了过来。

云澜："练跳远？行啊，正好我最近也闲着，你们学校离我大学也不远，下午放学顺便过来，我带你们去练习场练练。"

这可真是意外之喜。

　　阿九和云渺击了下掌,当天下午她俩就准备一块儿去云澜就读大学的练习场。

　　阿九这几天和宋樾关系缓和不少,上下学也恢复成以前的模式,可今天却说放学和云渺有事不和他一块儿回家。

　　宋樾刚开始没太在意,只当她和云渺出去玩,叮嘱她早点回家,如果回来晚就给他打电话,他去接她。

　　阿九倒是没有麻烦他,每天都在八点之前到家,一副累得不行的样子,宋樾问她这两天干吗去了总是这么累。

　　阿九苦哈哈地捶着腿说:"去练习跳远呢,这不是快到运动会了,我想着能跳得远一点,拿不到第一,但也不能拿倒数第一啊。"

　　大概是真的太累了,她自己捶腿时胳膊也酸了,最后干脆撒开手,略带试探地将腿搭到宋樾膝盖上,后背往后靠到沙发上,一只手搭在脸上,偷偷从张开的指缝里观察他的神情。

　　其实以前她也经常干这种事,大多时候会被他直接拍下去,偶尔他也会任由她闹腾。

　　宋樾打游戏的动作一顿,屏幕里的角色突然被人砍了一刀,血条掉下一大半,周不醒嗷嗷叫的声音传出来。

　　"阿月你干什么呢?你发什么呆?"

　　宋樾关了语音,一只手不经意地垂下,搭在阿九的小腿上。

　　阿九突然僵了一下,随后一阵刺激的酸痛感从他手指碰到的地方传递过来，麻得她整个人一哆嗦，连忙把腿收了回来，趁着他还没发言，恶人先告状："你捏我干吗？"

宋樾转头，乌黑的眼睛直勾勾地看着她，慢悠悠地说："你不是想让我给你捏腿吗？"

阿九想着他刚才那一下的力道，明显是报复，有点憋屈："你那根本就不是捏腿，你就是故意用力想让我更酸更疼，你报复心太强了，这样不好！"

"你能看出来真是不容易。"

"我这是感受出来的好吗？"阿九好气，想到这是自己自作自受又把嘴闭上。

试探失败，他根本就不心疼她，云渺哥哥也是这样，这几天练习跳远时她算是看出来了，自家妹妹越惨，作为哥哥的云澜反而笑得更大声。

这才是亲兄妹之间的相处模式，阿九这几天看到了云澜和云渺的小打小闹。

阿九察觉到宋樾和云澜之间的一点相似，撇了撇嘴，有些沮丧，话也不想说，闷声不吭地踢了他一脚，想把他踢下沙发。

宋樾哪给她这个机会，直接拎着书坐到对面，两人之间的距离更远了。

阿九："……"

阿九瞪他，他无动于衷继续玩手机，正在这时，云渺发了微信语音。

阿九在宋樾面前几乎没有秘密，也不太在意播放语音，顺手就点开了。

"对了阿九，我哥说明天晚上有事没办法带你了，我们明天要是还去的话，他就提前和他同学说一声给我们留个地儿，我们要不要去？"

阿九没注意到，对面正懒洋洋地用百度搜索"怎样舒缓运动过度引起的腿酸"的宋樾忽地抬起了眼，直直看向她。

阿九思考片刻后发语音回复："要不还是不去了吧？这几天已经麻烦你哥哥了。对了，等运动会结束我请你和你哥吃饭吧？"

云渺当然不会拒绝："那就还去我哥打工的那家烤肉店？"

"可以啊，算是给你哥拉提成吗？哈哈哈。"

"当然算，我哥老是喊我怂恿同学去他店里吃饭，我都烦死了。"

"那以后有什么需要庆祝的事我们就去吃烤肉，那家烤肉店味道真的很不错。"

阿九滚在沙发上无所顾忌地笑起来，眉眼弯弯的，看起来颇有几分少女心发作的模样。

发完语音，她想起来另一件事，跳下沙发，踩着拖鞋去客厅墙角的抽屉里翻东西，这会儿倒不嫌疼了，嘴里还很快乐地哼着流行歌曲。

　　"你在找什么？"

　　身后传来宋樾平静的声音。

　　阿九头也没回："找优惠券。"

　　"优惠券？"

　　"就是上次去渺渺哥哥打工那家烤肉店时，她哥哥给我的，说是用优惠券下次再去吃烤肉可以打折。"

　　之后很久宋樾都没有说话，阿九找了四层抽屉才从犄角旮旯里翻出那张优惠券，吹了吹上面的灰尘，一转身险些撞到少年胸膛上。

　　她吓了一跳，抬头："你怎么突然出现在我后面？"

　　宋樾脸上没什么表情，看她一眼，随后便将视线落到她手中的那张优惠券上。

　　阿九下意识地攥紧了些，反而给人一种"格外珍惜"的错觉。

　　她觉得宋樾不太对劲，没等她问出口，他稍一偏头，笑得令人有些不安："你和云渺哥哥单独吃饭？"

　　算一算，阿九和云渺哥哥认识的时间刚好是去年，她又经常和云渺一块儿玩，也许在他不知道的时间里她已经和云澜见过很多次了。

　　宋樾脸上的笑意淡了下去。

　　听清他话的阿九睁大眼："你听话只听一半吗？我们仨，我、云渺和她哥哥。"

宋樾没说话，皱着眉，眼睁睁看着她将优惠券放进书包，接着又拿出手机，眼梢带笑继续和云渺微信聊天。

第二天，阿九没有去云澜的大学练习，反而和云渺留在本校的操场上进行普通的练习，这次宋樾没有先走。

云渺看了看坐在台阶阴凉处托着下颌注视阿九的宋樾，心里直发毛，总觉得今天的宋樾像一个出来寻找猎物的猎人，看似不太危险，但又让人不敢轻易接近。

"宋樾今天怎么没先回去？"

"不知道啊，可能是最近比较闲吧。"阿九说，"他又不需要参加运动会的什么项目，学生会那边抢着给他献殷勤呢，今天上午学生会会长还来我们班找他单独聊了聊。"

云渺眨了下眼："学生会会长我记得是咱学校校花。"

阿九低着头系鞋带："是啊，我看见了，白得发光。"

云渺听出来她语气里的不对劲，但什么也没说，只是意味深长地笑。

阿九："你干吗这样看我？"

云渺掐了把她的脸："我觉得你比学生会会长好看。"

阿九嘴角上扬："你干吗这么夸我？"

云渺耸肩："你不信？不信你去问宋樾，他肯定也觉得你好看，比任何人都好看。"

阿九像是得到了什么首肯，往后看了一眼，正对上宋樾看过来的目光。

大约是没想到她会忽然回头，他微微怔愣，随即勾起嘴角笑了下。

阿九立刻扭回头，接下来更加不自在了。她能感觉到身后传来若有若无的注视，不轻不重，却如影随形无法摆脱，以至于她每次跳定时肢体都会不自觉地僵硬。

云澜以为她今天状态不好，叮嘱她几句后便退到一边，不知有意还是无意，与宋樾站在了一起。

他俩竟然差不多高。

阿九偷偷看了一眼，正好与宋樾云淡风轻的目光对上，脖子莫名泛起淡红。

她假装不在意，继续做自己的事。

后面，云澜双手抱胸，目不转睛地望着那边，开始搭话："你好像对我有敌意。"

宋樾看见阿九没跳好一屁股坐到地上，一脸蒙，他唇角却微微翘起，确定她没事才慢腾腾地侧眸瞧了瞧云澜，也没遮掩："之前确实有。"

"现在没了？"云澜惊奇地指了指自己的鼻子，"我不配？"

没等宋樾说话，他自问自答起来："比脸的话可能真的比不过你。"

宋樾出现在练习场这会儿时间，附近多了不少来溜达的女生，尽管不愿这么想，但云澜还是不得不承认宋樾确实长得好看。

去年渺渺带他们来过一次烤肉店，云澜那时候就注意到宋樾了，那晚他们走了之后，店里几个女生甚至来问他认不认识宋樾。

宋樾看了云澜一眼，冷不丁问："你和云渺，兄妹关系很好？"

"就那样吧。"云澜嘴上嫌弃，"那丫头烦死了，下辈子我可不想再做她哥哥了。我跟你说，做哥哥的惨啊！骂她两句她顶撞二十句，就仗着我是她亲哥，要不是亲哥，她好意思那么嚣张？"

宋樾眼皮一跳，被这无意的一句话触到某个生了锈的开关，反应竟少见的有些迟钝。

云澜没察觉，停了一下，改口："不过要是像你和阿九这样的，都认识十几年了，估计情况也差不多，阿九是不是也经常闹你？"

宋樾突然静了下来，眼也不眨地凝视着阿九瘫在地上的身影："她不闹。"

阿九和云渺跳着跳着又开始玩闹，云渺不知道踩到什么一头栽进沙坑，弄了一头的沙子。

云澜把云渺提溜起来，一巴掌呼上她后脑勺，没用力，嘴上还在嫌弃："你是不是有多动症？天天都闲不下来！"

云渺自然也不甘示弱，立刻反驳，兄妹俩你一嘴我一嘴吵了起来，云渺更不服气了，索性站了起来追着云澜满练习场跑，试图要打他。

阿九衣服上不小心弄了一些细碎沙子，拽着衣角拍了拍，然后被一只手钳制，她转身抬头，眼前光线暗下，很快又恢复光亮。

宋樾蹲在她身前，一手按在她肩上，一手轻飘飘地拍拍她后背上沾到的沙子。

似乎是碰到后背上某一个地方，阿九有些痒，躲了下。

宋樾也注意到这样不妥，停下手，目光停留在她热得泛红的脸颊上。

阿九没发觉，只拎着衣角抖了抖，脑袋往后扭，想看看后背："后面没了吗？"

"没了。"

"我腿后面还有吗？"

"没。"

阿九低头，看见他的手。

他手上还沾着细碎的沙子，指节很漂亮，之前她就一直想牵他的手。

想牵手。

阿九看着他，轻轻抿了下嘴角，伸出手，假装不经意地说："那你扶我一下，我腿好疼，都快站不起来了。"

确实很累，练习一个多小时，没当场躺下已经很不错了。

宋樾这次却没有纵容她，凝在她脸上的目光略显奇怪，映着浅浅的光，微垂的手停留在原地，一动不动。

他这个眼神和以前的不太一样，看得她心里不安，七上八下的，有种说不上来的紧张。

他是不是看出来什么了？

阿九忧心忡忡地蜷缩起指尖。

半晌。

宋樾突兀地笑了，像是终于想通困扰他许久的烦心事，漂亮干净的眉眼陡然放松下来，黑瞳里落下浅光，还是以前那个总爱逗她的恶劣少年。

"阿九，男女授受不亲。"他收回手，没有再碰她，懒散地强调，"毕竟我们和云澜云渺的关系不太一样，是吧？"

轰然一声，好像有什么东西缓慢倾塌，阿九傻傻地看着他："什么？"

"什么什么？"他故意拖长腔调。

阿九眨眼，手指不自觉地往他所在的方向伸了伸："我们什么关系？"

宋樾笑了起来，没有直言，猜测毕竟是猜测，还有待证实，于是他选择不动声色地反问："你说我们什么关系？"

云渺回来时发现阿九和宋樾之间的气氛不太对劲，具体什么样儿她说不好，但她仿佛能瞅见两颗粉色泡泡慢吞吞飘了起来。

云渺低低"嚯"了声，眼神如炬地左看看右看看。

她回来得正是时候，阿九被自己的胡思乱想闹了个大红脸，还没想好怎么回答宋樾，一见云渺回来连忙朝她伸出手求助："渺渺拉我一下——"

其实她自己当然也能起得来，只是这会儿心里正慌着，怕被发现什么端倪，故意把脸扭向云渺那边，试图以此掩盖自己的大红脸。

云渺意味深长地看了他俩一眼，闻言便伸出手，却被另一只手抢先。

阿九看着自己的手被宋樾松松握住，脱口而出："你不是说……"

男女授受不亲吗？

到了嘴边的话因云渺和云澜的眼神而吞了回去，她脸红红地顺着宋樾的力道站起身，站稳后立刻松开手，一秒也不多停留。

云渺说："你脸这么红，热吗？要不要喝点冰水降降温？"

阿九心想我脸红是因为宋樾，才不是热的，但她不能这么说，嘴上含糊地应付了。

云渺和云澜去一边拿水，阿九松了口气，回头看宋樾，他还在笑，探究的，意味不明的。

"七点半了，我们在附近吃完晚饭再回去吧。"他随口提议。

阿九把手背到身后，总觉得他今天怪怪的，却没拒绝他的提议："我先给我妈打个电话，和她说一声。"

"用我的手机。"宋樾把手机递给她。

因为要练习跳远，阿九兜里空空如也，宋樾把手机给她的行为看起来没什么，但……

"你直接打不就行了吗？又不是没有我妈号码。"

宋樾"嗯"了声，随后又似不经意地说："毕竟我们不是亲兄妹，既然你晚上要和异性出去吃饭，当然要先和家长报备一声，不能因为我和你关系好就随便破例。"

阿九："？"

阿九手一抖，手机掉到地上，睁大眼睛不可置信地瞪着他。

他在说什么鬼话？

宋樾扬了下嘴角，善解人意地提醒："手机掉了。"

她当然知道！反正又不是她的手机！

阿九咽了咽口水，小心翼翼道："你身体是不是被别人的灵魂霸占了？如果是的话你就眨眨眼？"

她最近看了很多穿越小说，警惕地盯着他，生怕真有什么奇幻的事情发生在他身上。

宋樾眨了下眼："被你看出来了，那你打算怎么样把我从这个身体里赶出去？"

这句话一出，阿九就知道他在胡扯："回去撒撒盐，不行的话就揍你一顿再请个道士把你收了。"

宋樾强调："撒盐可以，不能打脸。"

"美得你。"

　　阿九嘀咕，借着弯腰捡手机遮掩住脸上不自然的神情，脑子里却还在回荡着他之前说的那些话。

　　不是亲兄妹，是关系很好的异性朋友，既然是正常异性，那么想要发展成男女朋友的关系也不是没有可能了。

　　这是好事啊。

　　"阿月。"

　　"干吗？"

　　阿九低头按手机，嘴角高高上扬，手指停在呼叫键上，声音透露出些许恶作剧的意思："你刚才拉我的手，我要不要也和我妈报备一声？"

　　宋樾笑了声，轻描淡写说了两个字："你说。"

　　阿九怎么可能真的说？她就是故意试探，他没否认牵手的说法，他关注的重点是"报备"。

　　这说明什么？说明他的心至少有一部分在她身上。

　　阿九想通了，美滋滋地拍拍他的胳膊，大方道："算了，这次我就不跟你计较了，我们晚上去吃什么？"

　　"烤肉。"宋樾把手机放进兜里，勾着她肩膀将她带到放书包的地方，"把云渺和她哥哥叫上，今晚我请客。"

　　阿九看了眼他的手，小声说："我以为就我和你呢。"

　　"难道让你运动会之后单独请云渺哥哥吃饭吗？"宋樾慢悠悠反问。

　　阿九后知后觉："你这是打算提前请……欸，我欠的人情为什么你请客呀？"

　　顿了下，她又说："我没打算单独请渺渺哥哥吃饭。"

　　肯定要带云渺一起的，但从宋樾口中说出来，怎么有种奇怪的感觉？

　　阿九嘴上没说什么，心里却悄悄把他今天的反常记了下来，回去的路上心血来潮到书店买了一个新笔记本，当作记录本。

　　她决定了，从今天开始要把宋樾的反常行为全部记录下来，尤其是和她有关的，一件事两件事也许看不出来他的意思，但很多很多件小事凑在一起，那就绝对不是巧合和无意了。

　　阿九在记录本上写下：

　　10月26日，晴，今天阿月牵了我的手。

　　在我向渺渺伸出手的时候，他先握住我的手，手指有一点凉。

　　之后她又把请客和报备的事儿也记下，检查完确定没有遗漏，伸了个懒腰，转身倒在床上，压抑不住内心的雀跃，前前后后滚了好几圈。

　　突然好期待明天的到来，期待能和阿月见面的每一天。

　　运动会持续两天，阿九临时抱佛脚的成绩还不错，勉强拿了个第三名，获得班级同学们的掌声。

　　没有团体意识的宋樾最后还是被学生会的同学拉去广播台念

词，他声音好听，念词时腔调懒散却悠缓，对同学们的耳朵来说是一种享受。

宋樾念的词大多是某某班必胜，某某班某某人获得某个项目的第几名。

他没什么兴致，本来应该去看阿九比赛，但阿九死活不让他去，说是万一到时候跳不出好成绩会很丢人，让他待在原地念词。

宋樾失去了围观运动会的乐趣，直到旁边有人过来送词时偶然提了一句："哎，对了，宋樾，一班楚酒是你朋友吧？"

宋樾抬了下眼，稍稍离开麦克风，问："跳远比赛结束了？"

"结束了，恭喜啊，你朋友第三名呢。"那人开玩笑似的，说，"看起来身板挺小一姑娘，没想到能拿第三名呢。"

等那人走了之后，宋樾看了眼其他班的词，果不其然从里面翻到一班楚酒第三的词，他单手托着侧脸，莫名地笑了下。

阿九正和陆行云几人举着矿泉水庆祝拿到好成绩，陆行云忽然想到什么，说："宋樾是不是去广播台那边念词了？我听声音挺像他。"

阿九下意识地抬头朝高处的广播看了眼："应该是的吧，我听声音也像。"

她百分百肯定广播台那边的人就是宋樾，他说话的腔调很特别，懒懒散散，日常场合里他不会一口气说完一句话，总会说几个字停顿一下再继续，不紧不慢，通常遇到紧急的事儿时，他也能淡然处之。

阿九喝了口水，正要拧盖子时听见广播台里的人开始念词。

漫不经心地念完跳高、铅球等比赛结果后就停了下来。

陆行云正等着他念"一班楚酒跳远第三"，没等到，他竟然不念了，有点奇怪："怎么回事？怎么没我们班阿九的比赛结果？"

其他几人也觉得奇怪："不会是结果还没送到吧？"

"也许不是一批，我们等下一批……"

这句话刚说完，就听广播里再次传来男生的声音，与之前的散漫随意不同，这次他的声音里含着淡淡的笑，音色清朗和润。

"恭喜高三（1）班的楚酒同学获得跳远比赛第三名。"

很普通的一句话，阿九不知道为什么有些失望，但也没太在意，只以为这句话念完就该念下一个班级的词了。

却没想到，广播里再次传来他的声音："这句话是学校送来的词，念完了啊。"

"接下来是宋樾同学个人想对楚酒同学说的话。"

阿九突然抬眼，旁边几个人也有些傻眼，都没想到他还会搞这一出。

宋樾慢悠悠地说："你手里是不是有矿泉水？我念词念得口渴，学生会太抠门了，连瓶水都舍不得给我，简直想渴死我。"

阿九："……"

陆行云："……"

宋樾还在说："楚酒，我要喝水。"

阿九"啪"地捏扁了矿泉水瓶子，回头看向同学们，一字一顿道："我去一趟广播室。"

几人看着她一副要去掐人的模样，当然不会拦她，齐齐点头。

等她走后，几人才面面相觑。

"阿九是不是去打人？"

"宋樾惨啦！"

陆行云神秘地摇头叹息："声东击西，羊入虎口，男人的把戏罢了。"

喝水是借口，他只是想借机哄阿九去见他。

临时搭建的简单广播室里，其他两个辅助的男同学听见宋樾的话后目瞪口呆，动作一致地扭头看向宋樾的右手边。

一瓶脉动，一瓶橙汁，一罐可乐，还有一瓶农夫山泉。

他怎么好意思说学生会不给他水喝的？

宋樾察觉到他们的目光，停顿片刻，从桌子底下找到一个塑料小篮子，把里面装的小零食全都倒出来，然后顺手将几瓶饮料扔进小篮子里，接着面不改色地将小篮子放回桌底，脚尖一踢，小篮子彻底消失。

动作一气呵成，流畅自然，完全没有做坏事的心虚感，他甚至还能转头对隔壁两人淡淡微笑，敷衍道："水过期了，我清理一下，你们不介意吧？"

两个男同学："……"不敢介意。

下一秒，外面有人推门进来，怒气冲冲。

"宋樾！"

宋樾立刻扬声，抬手招了招："在这儿呢。"

阿九气呼呼地停在他面前，手里还有一瓶未开封的矿泉水，她一把将水搁到桌子上，质问道："你是不是故意的？"

宋樾手心托着侧脸，从下往上瞧着她，满眼都是笑："我故意什么？我真的很渴，学生会确实不发水，不信你问他们。"

阿九扭头看向旁边的两人。

两人想到宋樾丢到桌子底下的饮料，沉默两秒，抬起头，真诚道："宋同学说得对，学生会确实不发水，太不是人了。"骂人也顺带骂了自己。

阿九本来不相信宋樾的狡辩，但旁边那两个人说得太坚定了，她竟然有一丝动摇。

"学生会真的没给你们发水？"她狐疑地重新看向宋樾。

学生会怎么这么抠？要么是这两天太忙了，所以才忘了这回事？

宋樾兀自拧开矿泉水的盖子，头都没抬："真的。"

"你发誓。"

"我发誓。"

阿九垂眼，目光从他拧瓶盖的手指滑过，黑白分明的眼珠轻轻转了转，突然说："那你发誓，你要是骗人，你就单身到大学毕业。"

宋樾喝水的动作一顿。

阿九眨巴着眼，双手搭在腰间，笑眯眯地说："你要是不敢发誓，你就是骗我。"

而他要是敢发誓，未来四年他都要保持单身，真是一箭双雕，一石二鸟！

阿九在心里默默给自己点了个赞。

宋樾慢慢拧上瓶盖，坐在椅子上轻转半圈，抬手拍了下麦克风，对她刚才说的话置若罔闻。

旁边看戏的两个男生对视一眼，都从对方眼里看见了一个信息——哦哟，宋樾不敢发誓。

如果问宋樾有可能喜欢谁，那么，阿九必定是不二人选。

除了他的青梅竹马，他不可能再喜欢别的人了。

两人纷纷压抑着看八卦的兴奋心情，假装正常工作，耳朵却高高竖起，生怕漏听一个字。

阿九见宋樾故意避开这个话题，心里"咯噔"一下，从他身侧伸出个脑袋，蠢蠢欲动地瞧着他："阿月，你发誓。"

两人离得有点近，连睫毛根都能看得一清二楚。

宋樾垂下眼，故意做出侧耳倾听的动作，疑惑道："刚刚是不是有人说话？年纪越来越大，听力也不太行了。"

他算什么年纪大？

阿九干脆用手指捏住他的耳朵，想在他耳边再重复一遍，没等她出声，宋樾抬手握住她手腕微微用力往下拽，牢固地压在一边的桌子上。

与此同时他的头向后稍仰，在她措手不及时与她面对着面，下颌微抬，目光相撞。

几乎是骤然放大的一张脸，只差一本厚词典的距离就能鼻尖贴着鼻尖，他的呼吸清浅，耳边垂落的一根茶色发丝被热气撩起，像荒原野火中挣扎求生的野草，起伏不定。

阿九下意识地屏住呼吸，甚至不敢眨眼，呆呆地看着他的眼睛，手背被压在桌面上，触感有点凉，还有点硌人。

时间仿佛静止在这一刻。

不知是谁倒吸一口冷气，僵硬的秒针被拨动，阿九的睫毛不自觉颤动。

门又被人推开。

"请问宋同学……"

话音戛然而止。

"对不起打扰了！"攥着两瓶水的女生看清里面的情况，立马道歉，随即关门。

阿九被关门声惊醒，注意到这会儿的对视有些不同寻常，连忙往后拉开一段距离，这次也不再纠缠发誓的事情了，表情略显慌乱。

她看了看抬手揉了下后颈的宋樾，他依然神情淡定。

"我发誓。"他看着她，看见她本来就热得泛红的脸变得越来越红，黑眸闪着几不可察的笑。

"……什么？"她都忘了之前那回事。

宋樾朝她晃了晃那瓶刚拆封的矿泉水，慢腾腾地说："我发誓，我确实骗你了。"

阿九根本没在听，她满耳朵都是自己的心跳声，剧烈的、隐秘的，只有她能听见的心跳。

懊悔，就不该来这一趟。

阿九胡乱地点点头，慌里慌张地后退到门口，语无伦次地说："哦……哦，我知道了。"

说完她假装镇定地拉开门，看似冷静地走出去，实际上刚迈出双脚，整个人就火急火燎地跑了出去，恨不得长出四条腿能再跑得快一点。

广播室里，有两个被忽略的男生正一本正经地坐在自己的工位上处理工作，眼角余光却控制不住地朝宋樾那里飘。

他在笑。

广播事件后，宋樾被学生会划入黑名单，因为他一句话直接抹黑了整个学生会，虽然按照学生会一贯的虚伪作风，根本不缺这点抹黑。

宋樾对此不以为意，不过他觉得给学生会白干活的这次也算有所收获。

至少他发现，阿九会因为他的靠近而脸红、慌乱。

这个发现让他之后很长一段时间心情都极好。

周不醒一度觉得他不对劲，甚至私下从网上咨询医生。

周不醒："我朋友最近很不对劲，我怀疑他的灵魂被人占据了，请问这要怎么治疗？"

医生回复："咨询精神科医生。"

周不醒："……"

周不醒当然没有去咨询精神科医生，而是趁着放假抱着一大堆东西跑去宋樾家装神弄鬼，用他的说法就是"驱鬼"。

"快从我兄弟身体里离开！"周不醒朝宋樾头上撒了把盐。

宋樾给了他一个恶狠狠的眼神："门在那边，自己走。"

周不醒咳嗽一声，把盐罐子放下："我就玩玩。你最近太不对劲了，是不是遇见什么好事了？天降一百万？"

宋樾躺在沙发上，重新拿起书慢条斯理地举着翻看，语气平淡道："我缺那一百万？"

周不醒："……"

周不醒嫉妒地看了一眼他手里的书："你不缺，不如借我吧……你周末怎么还在努力看书？你看的什么书——你怎么看这种东西？"

他走近沙发才看见书壳上的字——《霸道总裁的落跑小娇妻》。

宋樾连余光都没给他，懒懒地说："阿九昨晚落下的书。"说着又翻了一页，神情波澜不惊，好似在看什么绝世名著。

谢青絮不让阿九看这种书，所以她只能趁晚上跑来他这里看会儿，昨晚她走了之后就把书放沙发上了，宋樾实在无聊，便看了几页打发时间。

周不醒难以置信："楚小九什么品味？这种书根本没意思！"

半小时后。

躺在沙发上看书的变成了周不醒，他边看边骂："这男主角是不是有病？女主角你赶紧把眼睛擦亮啊，男二号不比男主角好？"

周不醒一边看一边骂，一目十行看完半本书，整个人已经虚脱在沙发上了，他双眼无神地说："阿月，你以后要是变成这种人，别怪兄弟我第一个跟你绝交。"

没人理他。

周不醒左看右看，发现宋樾不知道什么时候已经出门了，独留他一人待在沙发上破口大骂小说男主角。

周不醒问他去哪儿了。

宋樾："书店。"

周不醒："？"

周不醒："你别告诉我你去买下册了？"

宋樾直接给他发了一张图片，不止下册，还有诸如《冷王娇妻》《霸道蛊王爱上我》《苗疆少年又抢走和亲的九郡主啦》等。

周不醒："……"

周不醒一言难尽地盯着小说的上册，心里开始挣扎要不要继续往下看，不看的话心里痒痒，想知道后面女主角有没有报复，看的话又气得脑壳疼。

犹豫半晌，他还是把书拎了回去，结果晚上越看越气人，干脆扔到一边。

第二天去上课的时候他顺手把小说装书包里，英语课上惯例开小差，偷偷把书放在英语书下面看后续剧情。

结果书被来突袭检查的班主任给没收了。

阿九有个习惯，买了书和本子总会端端正正在上面写好自己的名字，不管是小说还是漫画，她一定要写上自己的名字。

被没收的这本书也不例外。

于是，无辜的阿九就这么被班主任喊去办公室，一脸茫然地被教训了十分钟，什么高三了还不好好学习，天天看这些乱七八糟的东西，偶尔放松也不是不行，但怎么能带来课堂上偷看。

周不醒几乎缩成只鹌鹑，不敢反驳，最后两人都被罚了三千字检讨。

回来之后终于搞清楚事情来龙去脉的阿九气得脑袋冒烟，拎着书包追着周不醒打，半路不知道绊到什么东西险些摔倒，被宋樾捞了一把。

阿九半靠在他身上，正处于奓毛状态。

周不醒理亏，果断认错：“我帮你写那份检讨。”

“我们字体根本不一样，班主任一眼就能看出来。”阿九干脆坐在周不醒的座位上，旁边就是看热闹的宋樾。

她有点委屈，白白被罚了三千字检讨，回去要写一晚上呢，还要想办法诌内容，头大。

她蔫头耷脑的样子看起来太可怜了，宋樾伸出一只食指戳了戳她脸颊。

阿九转头瞪他，握着他那根不老实的手指，他抽了抽，没抽掉。

宋樾另一只手支在桌子上，掌心托腮，笑着看她：“我可以帮你写，模仿字体而已。”

阿九觉得他笑得有点狡猾：“白干活吗？”

宋樾目光在她握住的食指上停留一瞬，抬眸反问：“我看起来像是会白干活的人？”

周不醒已经拿起笔准备写检讨了，闻言插了一嘴：“他只会给他未来的女朋友白干活。”

阿九眨了下眼，没说话，宋樾瞥了眼心虚的周不醒，周不醒面不改色地补充："还有他的青梅竹马。"

四舍五入就等于宋樾未来的女朋友。

阿九被这个诡异的想法打败，注意到旁边几个同学戏谑的眼神，不知道为什么突然就有点不好意思了。

当着这么多人的面，她脸皮再厚也不好意思直接答应，讪讪松开他的手，含糊地说："算了，我还是自己写……"

宋樾没有坚持，等她回去之后才掀了掀眼皮，轻描淡写地瞥了眼埋头苦干的周不醒。

周不醒蓦地打了个激灵，转头对上宋樾那双幽黑的眼睛，突然有种不祥的预感。

当晚，周不醒把自己的微信头像和游戏头像换成了检讨书，还被他爸妈发现，又被教训一顿，连夜再补充五千字检讨。

周不醒悲痛发誓，以后再也不看那些个奇奇怪怪的小说了。

阿九花了大半个晚上才写完，她长这么大就没写过这么长的检讨书，手腕很酸，却还记得拿出专门记录宋樾的本子，认认真真地在上面写下今天发生的事情。末了，做贼心虚似的，悄悄加了句：

阿月没有否认周不醒的玩笑，四舍五入就是他承认啦！

她举起记录本，迎着灯光仔细看着这行字，好似能透过这些字看到某些梦想得到的东西，心跳骤然加快，她不好意思地抿起嘴角，眼角眉梢弥漫着粉红色的笑。

她放下记录本，习惯性把黑笔夹进本子里。

谢青絮一大早接到员工的微信，有点急事要去公司处理，早饭没来得及做，离开之前叮嘱阿九和宋樾路上买早餐。

阿九抱着宋樾的书包坐在自行车后座，吹着清晨的风，心情极好地哼着歌。

宋樾早上一向睡不醒，眯了眯眼，慢腾腾地说："换首歌。"

阿九心情好，想起什么歌就随便哼两句。

宋樾越听越困。

阿九拎了拎滑下去的书包，摸摸两侧，东西还在，宋樾书包两侧的网兜里一边各放了一瓶酸奶。

离上课还有些时间，两人在路边停下准备买饭团。

路上又遇到周不醒，周不醒闯了祸，这两天老实得很，也没再乱说话，瞧见他们下意识想到检讨书，便提了句："楚小九，你检讨写完了吗？"

"写完了。"阿九说，"阿月我要加辣！"

"知道了。"

宋樾半阖眸扫码付钱，周身犯困，闻言懒懒地对卖早餐的老板说："两个饭团，加辣，加沙拉酱，不要海带，再多加一份肉松。"

这是阿九的口味，也可以说是他的口味，她只要说一个字，他就能猜到她想说什么。

周不醒也买了份早餐，靠着自行车啰唆道："我昨天晚上熬夜写完了八千字检讨，早上忘了带，半路又回去拿，浪费了不少时间。"

阿九本来想笑话他，却倏地顿住，嘴唇微微张开，表情有点呆滞。

宋樾偏头看她。

阿九默了默，小声说："我好像也忘了带检讨书。"

她昨晚写完检讨书之后忘了放哪儿了，她突然想不起来了！

阿九翻遍书包也没找到检讨书，绝望极了，看了眼还有时间，连忙拉着宋樾往回赶，到家才发现忘了带钥匙。谢青絮走得早，也没留钥匙。

真是坏事一起来，幸好宋樾家有备用钥匙，阿九进门时，宋樾拎着她的书包也跟了进去。

"昨天还有张新发的试卷，今天要交，带了吗？"

"应该带了吧？"

"再检查检查，别到了学校才发现还有东西没带。"

阿九一边翻书包，一边推开卧室门，宋樾接过她手里的书包走进去，说："我帮你看看还有没有其他忘带的，你去找找检讨书在哪儿。"

他把书包放到桌上，手指挨个掠过里面的书本，而后，似是察觉到什么，停顿了一下，不经意地瞥见阿九动作很快地藏起一个笔记本。

她像是受了惊，把本子藏到身后时还朝他看了两眼，生怕被他发现什么秘密。

宋樾本来没打算深究的，但被这动静搞得也不得不抬起眼，目光从她不自然的脸上缓缓下移。

似是在探究她藏在身后的是个什么东西。

阿九目光闪烁，心口怦怦跳，哪敢让他看见这个本子，虽然拿出来他能看见的也只是一个普通笔记本的封皮，只要不翻开他就看不见里面的内容，可她心虚，根本不敢让他看见一分一毫。

宋樾可聪明了，要是让他瞧见一点蛛丝马迹，搞不好他就能顺藤摸瓜发现全部的秘密。

阿九紧张得要死，咬紧牙齿，颚下白皙的颈部凸出两条清晰的骨线，她眼神飘忽，不敢看他。

宋樾定定看了她两秒，好像并没有发现她的不对劲，不紧不慢地收回目光继续检查她的书包，漫不经心地说："检讨书找到了没？"

见他没再看自己，阿九微微松了口气，捏着笔记本的手指很用力，有点疼。她摇摇头："还没找到。"

但她已经想起检讨书放哪儿了，昨晚写完一系列要记录的事情之后她顺手把笔和检讨书一块儿夹进本子里了，早上起来忘了拿。

　　但她不可能当着他的面翻开笔记本，于是支支吾吾："那个，要不然你先出去……"

　　说完，她自己先察觉到不妥，这明显太心虚了，简直就是掩耳盗铃，赶紧补充道："没什么，你就在这儿吧。"

　　"……"

　　她觉得自己没救了，抿紧唇，少说少错，反正她只要把笔记本里的检讨书抽出来就行了。

　　阿九深吸一口气，咬咬牙，与其藏着，倒不如直接把笔记本拿出来，反倒没那么可疑。

　　应该没那么可疑，但愿他对女孩子的笔记本没兴趣。

　　阿九佯装不在意地把笔记本拿出来，一边低垂着眼偷看宋樾的神情，一边快速地将检讨书从里面抽了出来。

　　那是一个粉紫皮的日记本，花边颜色很深，大概是女孩子做手账用的。

　　很有少女心的一个本子。

　　宋樾不动声色地敛起目光。

　　阿九松了口气，胡乱地把笔记本塞进书架里，拿着检讨书故作镇定地说："检讨书找到了，我们可以走了。"

　　宋樾拉上书包拉链，"嗯"了声。

　　阿九感觉气氛有种说不上来的黏，她舔了下嘴角，装作不在意地说："我还缺什么东西吗？"

　　"不缺了。"宋樾扫了眼她手里的检讨书，音调稍扬，"不过，三千字的检讨书，你确定一张纸就能写完？"

　　而且还是单面的信纸。

　　阿九愣了下，低头才发现她昨晚写完的三张单页信纸只抽出来一张，于是动作僵硬地回头看了眼已经被塞进书架上的笔记本。

　　"……"

　　所以，她还要当着他的面，再拿一次那个写满他名字的笔记本吗？

第六章

云开月明

宋樾拎着书包先出去了，阿九拿着检讨书捂住脸，丢死人了，也不知道他会不会从她今天的反常中看出端倪。

　　阿九翻开笔记本，一眼扫到好几个"阿月"。经过这一茬，她深刻认识到写日记的危险性，按照她看电视剧的经验，秘密越多的日记本，最后被发现的概率也越大。

　　阿九犹豫再三，决定暂时"雪藏"这个本子。

　　笔记本事件后，阿九安静了很长一段时间，她申请了一个QQ小号，每天像记录日记似的，把应该写在笔记本上的东西挪到小号上。

　　上学期期末考试前，谢青絮临时去 B 市出差，家里没人做饭，阿九和宋樾每次都在外面吃完晚饭才回家。

　　考试结束后就是寒假，但对高三学生来说，最多只有一个礼拜。

　　谢青絮这段时间不在 A 市，阿九只能继续和宋樾"相依为命"，但假期不能总吃外卖，宋樾前几天已经买好了两本菜谱准备提前练习一下。

　　考完试，周不醒说："这么早回家也是无聊，除了做题还是做题，不如先出去玩会儿，今年寒假这么短，能玩的时候抓紧玩，不然到了下学期想玩都没时间玩了。"

　　宋樾瞥他，把他试图拉走阿九的手拍掉，嘲笑道："你确定你回家会做题？不是通宵打游戏？"

　　阿九附和："肯定是你打的游戏最近没新活动了。"

　　周不醒面不改色地说："所以到底要不要出去玩会儿？听说前段时间出了部新电影，口碑挺好的，反正回去也没事干，就去看看呗？"

　　阿九琢磨着他的话，觉得也有道理，便没拒绝。但她没想到的是，周不醒说的新电影是个恐怖片，快过年了电影院竟然还放恐怖片！

　　周不醒是个胆小鬼，但他也喜欢挑战极限，明知道自己胆小，偏偏还要看恐怖片，自找死路。

而一个口碑不错的恐怖片可想而知其恐怖程度，刚看完的时候人还多着，到处都是声音，也热闹，再加上周不醒唠唠叨叨的，阿九反而觉得没那么恐怖了。

结果到了晚上，阿九一个人躺在床上玩手机，玩着玩着就听见一些细微的动静，不知道从哪儿传出来的，像是窗外，又像是门外。

她下意识地想到晚上看的那部恐怖电影，里面有个情节就是主角晚上玩手机时听见外面传来一些动静，镜头一转，地板、墙上、窗户以及门上到处都是蠕动的头发丝，有些甚至已经悄悄爬到了床头，主角一伸手，便抓了一把头发……

阿九手心潮湿，被自己的想象吓到了，浑身僵硬，耳边嘭嘭作响，她迅速抓紧被子蒙住头。

不知过了多久，剧烈跳动的心脏才缓缓恢复如常，身体却依旧僵硬。

谢青絮出差，还有好几天才能回来，阿九简直无法想象接下来几天晚上要如何度过，她绝望地把手悄悄伸出被子，找到手机，像被烫到瞬间缩回手，颤抖着点开宋樾的微信聊天框。

楚酒："你睡了吗？我睡不着。"

楚酒："那种感觉又上来了，很难过又很难说。"

……

　　阿九一连发了十几张表情包，眼巴巴等他回复，注意到时间停留在凌晨一点二十九分。

　　宋樾肯定睡着了。

　　阿九更悲伤了，怕得睡不着，藏在被子里辗转反侧。

　　下一秒，手机振动。

　　宋樾："？"

　　宋樾："你发这么多表情包干什么呢？怕我缺表情包？"

　　阿九看到他的回复，心中缠绕的恐惧消散些许，她咬着指关节，回复。

　　楚酒："我害怕。"

　　宋樾："做噩梦了？"

　　楚酒："我没睡着……就是那个恐怖片，我现在一闭眼，满脑子都是里面的恐怖画面！"

　　如果谢青絮在家的话，她不会这么害怕，不论怎么说隔壁都有自己的妈妈在，她肯定不会害怕到不敢把头伸出去，可是谢青絮不在，这么大一间房只有她。

　　空荡荡的房子，一个未成年女孩孤身待在房间……

　　阿九一害怕，又开始疯狂发表情包，手机那头被表情包轰炸的宋樾缓缓皱起眉。

　　阿九蒙在被子里有些呼吸困难，趁着宋樾还醒着，悄悄把脑袋伸出去呼吸新鲜空气，然后又把头缩回去。

楚酒："阿月我好害怕，我连把头伸出被子都不敢，你说我会不会被闷死？"

楚酒："我要是明天没起来，那肯定是因为我被闷死了！"

楚酒："你到时候一定要给我收尸，我妈要是看见我的尸体会不会特别伤心？"

楚酒："呜呜呜……我要是死了我妈一个人可怎么办啊！！"

楚酒："阿月，我妈到时候就交给你照顾了，她一个人我实在是放心不下。"

楚酒："你以后要是娶了老婆还会照顾我妈吗？你老婆会不会生气？你们要是因为这个吵架怎么办？"

楚酒："要不我还是努力一下，把头伸出去呼吸吧？"

楚酒："啊啊啊不行啊！我一把头伸出去就感觉房间里有一百双眼睛在盯着我！我根本不敢呼吸！"

宋樾："……"

她已经怕到开始自说自话转移注意力了。

阿九还在悲伤地继续交代遗言，手机蓦地振动，是宋樾的语音通话。

她正在打字，手指一下子戳到红色挂断键，眼睁睁看着宋樾的语音通话被她就这么挂断了。

阿九欲哭无泪，手忙脚乱重新拨打回去，接通后的第一句话就是："对不起，阿月！我不是故意挂电话的，这要是拍电影，我挂了救命电话肯定很快就要死掉了！"

宋樾："……"

不知道是不是错觉，阿九好像听见他在笑，呆了半晌，小心翼翼地问："你在笑吗？"

"没有。"

"你肯定在笑。"

"真没有，你太害怕，听错了。"

宋樾声音懒懒的，似乎是刚睡醒，准确来说应该是被她十几条表情包的微信提示音弄醒的。

阿九愧疚得不行，但很快恐惧就压过了愧疚，她拱在被子里，脸颊贴着枕头呼着气，小声说："阿月，我感觉我呼吸困难，可是我不敢把头伸出去。"

手机屏幕的光映在她脸上，阴森森的。

宋樾说："那你就把被子掀开一条缝，从缝里呼吸。"

阿九按照他说的做："这样好像可以……"

没有那么害怕了，不知是因为被子只掀开了一条缝，还是因为听见他的声音。

杂七杂八地又聊了会儿，阿九看了眼时间，已经快两点了，手机那头传来宋樾打呵欠的细微声音，她心里一软，赶紧说："阿月，你是不是很困？"

"还行。"

"你之前已经睡着了吗？是我发的微信太多吵醒你的吗？"

宋樾没有回答这个问题，而是不着痕迹地转移了话题："还害怕吗？"

"现在还好。"阿九已经把头从被子里伸出来了，望着漆黑的天花板，脑子里的各种恐怖片画面渐渐淡去，反而是宋樾浮现在她脑海里的轮廓越来越清晰。

穿校服的，穿卫衣的，戴帽子的，打球的，散步的……春夏秋冬，转眼而过，他好像就坐在床边笑看着她，笑话她是胆小鬼。

阿九忍住突然涌起的想见他的欲望，想了想，声音带了点娇羞："阿月，我们可以不挂电话吗？"

那边传来一个低低的单音节："嗯？"

阿九老实说："一想到你在对面我就很有安全感，不那么害怕了。"

手机那头静默下来，继而传来一个短促的笑音。

过了一会儿，他才轻声说道："你睡吧，等你睡着了我再挂电话。"

阿九得寸进尺："不挂不行吗？"万一半夜睡醒又害怕了，总不能再打电话把他弄醒。

"那就不挂了。"他停顿一下，"去把充电器插上，手机别忘了充电，要不明天早上起来手机就关机了。"

　　说完，宋樾把手机稍稍拿远，又打了个哈欠。

　　他的睡眠质量一直不太好，一点动静都容易被吵醒，也正是因为这样，他睡觉的时间比一般人长，总是断断续续的，每天的精神都不太好。

　　手机里传出窸窣的动静，他虚虚阖眼，忽而听见那边响起咚地一声，还有嘶气的声音，大概是撞到什么东西了。

　　宋樾睫毛轻颤，睁开眼睛，无奈地叹了口气，那沉重的一声，他仿佛已经看见她忍着疼痛抱住腿蹲在地上吸气的样子。

　　还挺……可爱。

　　意外发现新癖好的宋樾轻咳一声，等她把手机充上电之后，他才开口："刚才撞到什么东西了？"

　　"膝盖撞到床角了，明天可能要青一块，不过现在不疼了。"

　　"明天起来会疼，去擦点药。"

　　"不行，擦完药要去洗手间洗手，但是……"她声音越来越虚弱，"我不敢一个人出去，外面太黑了。"

　　阿九重新躺进被窝里，手机放在床头柜上，通话已经开了免提，黑暗里一切细小的声音都会被放大。

　　手机里有门锁打开的电子音，接着她听见手机里宋樾冷淡地说："开门。"

　　随后，卧室门被敲了两下。

　　……

　　五分钟后，擦完药的阿九一瘸一拐地被宋樾拉去洗漱间洗手，自来水哗啦啦地流淌，灯光是暖黄色的，没有一丝一毫的恐怖片氛围，反而隐隐掺杂了些许心动的颜色。

　　这个氛围让人留恋，好想这样待着，直到天亮。

　　阿九悄悄抬眼，从镜子里偷偷看了宋樾一眼，他刚收到两条微信，正低头看手机，错过了这一幕。

　　"阿月救命，我裂开了，这恐怖片的后劲为什么这么大？我上次看完《死神来了》也没害怕到睡不着！"

　　周不醒的声音从手机听筒里飘出来，流水声停止，手机语音也播放到最后一秒。

　　阿九愣了下，在心里哈哈大笑。

　　宋樾低头敲了两下手机，回完消息果断熄屏，抬头看向阿九："洗好了？"

　　阿九"嗯"了声，膝盖还有点疼，走路的时候稍跛，原本没这么疼的，但之前擦药的时候她为了证明没那么严重，自己动手戳了下撞到的地方，结果疼得差点蹦起来。

　　宋樾瞧了眼她这副懊悔的模样："还敢戳吗？"

　　阿九哪还敢戳？

　　他把手机递给她，她疑惑。

　　宋樾下颌轻抬，等她把手机拿过去之后俯身将她打横抱起，她惊了一瞬，差点把他的手机摔了，手指紧紧握住手机，拇指摁到指纹解锁键。

宋樾手机里存有她的指纹，她随时能打开。

一声类似水滴的解锁音响起，手机屏幕亮了起来，界面还是他和周不醒的聊天界面。

阿九呆呆地看了看宋樾没什么表情的脸，又低头看了看手机屏幕。

周不醒大喊救命的语音条下面赫然是一条绿色气泡的回复消息，充满了冷漠与嘲讽。

宋樾："活该。"

然后是周不醒刷屏的感叹号，指控兄弟狠心。

对比周不醒，阿九觉得自己在宋樾这里的待遇实在太好了，好到让她都忍不住飘飘然。

她咳嗽一声，心虚地低下头，说："周不醒说你好狠的心，要回吗？"

宋樾看都没看一眼手机屏幕，走到客厅，兀自往她卧室走去，随口说："让他滚远点，别烦我。"

阿九当然不可能直接这么回，所以她很老实地打了一行字。

宋樾："阿月说让你滚远点，别烦他。"

时间静止了几秒，等宋樾把她放回床上时，她攥在手里的手机开始疯狂振动。

周不醒刷屏似的消息发了过来，在满屏的问号里，夹杂着难以置信。

周不醒："你们？？？"

这句话欲言又止地发了一半，在宋樾把手机拿回去之前，阿九无意中瞥见周不醒发来的下一条消息。

周不醒："恭喜兄弟终于守得云开见月明，这么多年可算没白熬！"

宋樾回去后，阿九躺在床上辗转反侧，很长时间都没睡着。

她满脑子都是周不醒发的微信消息。

"守得云开见月明""这么多年没白熬"，大概是这两句话吧？

阿九越想越有些不确定，也许只是类似的话，万一她随意一瞥时看错了字呢？

毕竟宋樾把手机从她手里抽回去后也低头看了眼微信，脸上并没露出任何秘密被暴露的尴尬。相反，他非常淡定，甚至还能单手打字回消息。

虽然阿九不知道他回了什么，但观他神色根本不像是要秋后算账的意思，更何况她刚刚确实看见了微信消息，如果宋樾有所怀疑的话，不应该如此淡定自若好像什么都没发生。

更何况离开之前，他还若无其事地留下一句："我回去了，要是害怕就打我电话。"

他看她的时候眼神不躲不闪，让人更加怀疑周不醒那句话是不是真的另有他意。

阿九回想着和宋樾相处的一点一滴，心中越发捉摸不透，她在"我看错了"和"我没看错"中忐忑徘徊，摇摆不定。

"根本睡不着嘛……"她生气地捞起枕头盖在脸上，烦恼地在床上滚来滚去，颓废地将双手双脚搭在床边，完全将恐怖片带来的恐惧情绪抛之脑后。

静默片刻，她一把甩开枕头，双眼炯炯有神地盯着天花板自言自语。

"要不明天找个机会把他手机弄来，偷偷看一眼？"

阿九没找到机会偷看宋樾手机，因为她父亲老楚先生亲自过来要接她去 H 市过寒假。

谢青絮和楚先生和平离婚，原因也只是性格不合过不下去了而已。

他俩没打离婚官司，谢青絮要女儿的抚养权，楚先生没拒绝，只说隔年寒假都会把阿九接去 H 市住一个月，直到双方各自组成新家庭，到时候阿九就归没有新家庭的一方。

至于为什么阿九的抚养权归谢青絮后还姓楚，因为她爸妈都比较开明，商议之后决定等她成年之后再由她自己决定随谁姓。

楚先生很疼阿九，每次把她接去 H 市都恨不得给她摘星星摘月亮。

以前阿九会说星星月亮她都要，今年她却改了口："爸，星星就不用摘了，我只要月亮就行了。"

楚先生从这句话里就听出来自家女儿有情况了，把女儿安置好后第一时间给远在 B 市的谢青絮打电话。

楚先生说："小九是不是和隔壁那个那个谁，宋……"

"宋樾。"谢青絮说，"你除了能记得你女儿的名字，还能记得谁的名字？"

向来只记得人家姓氏的楚先生却理直气壮地说道："还有你的啊。"

谢青絮呵呵一笑，没搭理他。

楚先生又说："对了，小九是和宋樾有情况了？"

手机那头的谢青絮不以为意："我怎么知道？"

楚先生有点着急："你天天带着小九怎么会不知道？"

谢青絮："……"

谢青絮直接挂了他电话，楚先生回头瞅着正坐在沙发上玩手机的女儿，有点愁。

然后阿九接到个电话，是谢青絮打的，她先问阿九有没有到 H 市，阿九说到了。

谢青絮又说："你和小樾什么情况？"

阿九迷茫："什么什么情况？"

谢青絮"哦"了声，说没什么事。

接着又说："哦，对了，有件事忘了跟你说，你期末考试前不是说这次要是考得好就再买一张王灵灵的演唱会门票吗？"

阿九竖起耳朵："对啊，怎么了？"

谢青絮说："没什么，给你准备了一个惊喜，这两天就到了，到时候别激动得晕过去。"

阿九开玩笑道："妈，你给我准备了演唱会门票？"

谢青絮否认："没钱，不买。"

阿九："那这个惊喜，你不会要告诉我其实你们是失散多年的姐妹吧？"

谢青絮："我倒是想要这个亲姐妹呢，你问问你外婆给不给这个机会。"

阿九："……外婆会打死我的。"

楚先生听不见谢青絮说的什么，只听见自家女儿提到什么失散多年的姐妹，满脸狐疑。随后感觉手机振动了一下。

谢青絮："听见了吧？没情况。"

楚先生很无语，这么大声聋子都能听见，而且，她问得也太直接了。

楚先生在 H 市有自己的工作室。

他特地在工作室辟出一个小房间，专门留给自家女儿，阿九通常待不了多久就会自己出去玩，然后在楚先生下班前回来。

　　阿九最近在研究感情上的事，她自己的还糊里糊涂没搞明白，就想揣摩揣摩别人的，也算是给自己日后攒经验。

　　于是她开始观察有没有和楚先生走得比较近的女人。

　　其实阿九并不介意父母各自组建新家庭，大概是父母都对她特别好，她很有安全感，所以并不缺爱，因此也比一般同龄人看得开。

　　观察了好几天也没发现楚先生身边有亲近的女人，就连公司里和她比较熟的叔叔阿姨也说楚先生喜欢独来独往。

　　楚先生担心阿九无聊，这几天一直陪她到处玩。过了没多久，阿九发现楚先生接电话的次数多了起来，就知道他最近工作上肯定有什么急事，体贴地要他去工作，她自己到处玩就行了。

　　楚先生非常愧疚，他觉得工作没有女儿重要，但还是解释一番："爸爸最近要和一个明星交接工作，明星的时间比较随意，所以工作上随时都要调整时间。"

　　阿九倒是不在意，只是有些好奇："明星？特别有名气的那种吗？"

　　楚先生摸摸她的脑袋："现在来说的话应该算是有名气吧。王灵灵你知道吗？爸爸那个年代，王灵灵的歌火遍大街小巷，不过现在年轻人玩音乐的也多了，所以……"

　　阿九听见"王灵灵"三个字，眼睛瞬间就亮了起来。

　　楚先生见状，诧异："你喜欢王灵灵啊？"

阿九眼睛闪闪的，用力点头："特别喜欢她的歌。她的演唱会门票可难抢了，去年阿月还帮我买到她的演唱会门票，可惜我当时生病了没去。"

楚先生一听女儿喜欢王灵灵，二话不说带着女儿去上班。说来也巧，王灵灵恰好今天来 H 市办事儿，顺便就去了楚先生的工作室。

阿九终于见到那个名气极大的王灵灵。

王灵灵今天穿了一条红色长裙，戴着墨镜，指甲做了同色的美甲，皮肤白得像珍珠。

出乎阿九预料的是，王灵灵竟然认识谢青絮。因此，当阿九出现在她面前时，她单指拎着墨镜瞧着阿九，开口第一句话就是："你就是阿絮的女儿小阿九？"

阿九蒙了："欸？"

王灵灵起身，拿着手机说："来，微信打开。"

阿九傻傻地按照她说的做，随后手机"叮咚"一声，王灵灵的好友申请出现了。

阿九惊呆了："我……你……"

王灵灵食指点点她脑门："愣着干吗呀，快同意。"

阿九呆呆地同意了，然后手机再次响了一声。

来自王灵灵转账"9999"，并备注：见面礼。

她原本是想发"99999"的，但是怕一次发太多会吓着这个孩子。

阿九："？？？"

幸福来得太快，她的大脑有点"宕机"了。

王灵灵笑眯眯地把墨镜戴到阿九脸上，温柔地拂开她额前的碎发，凑近她耳边，低低地说："你要是不好意思收，就当是我把去年小樾买门票的钱还给他咯。"

阿九还是有点反应迟钝。

王灵灵似乎是觉得逗她很有趣，和楚先生打了声招呼后，就把她半搂半抱地带到楼下，上了自己的车："走，姨带你出去玩玩儿。"

阿九蒙头转向地被她拉了出去，楚先生虽心里苦，又不能拦着自家女儿和偶像接触。

司机在前面开车，王灵灵把浑身僵硬的阿九拉进怀里揉了揉脸，捏捏耳朵，不住地感叹："哎呀，去年就想来看看我们小阿九长什么样，可惜事情太多了，原本打算今年过年去王教授家的时候就去你们家，我连见面礼都准备好了，想不到提前半年见到了呢。"

阿九干巴巴地笑，鼻尖萦绕着王灵灵身上的香味，很好闻。

王灵灵和谢青絮是在去年演唱会的时候认识的，王灵灵表演完之后出了点事，刚好谢青絮帮她解决。两人一见如故，深深觉得上辈子也是至交好友，这辈子才会在看见对方的一瞬间恨不得成为朋友。

阿九内心愤怒：我妈认识王灵灵这么久了，居然一句口风都没给我透露过！

其实她不追星，看到喜欢的一般也都是看看脸，对王灵灵比较特殊还是因为云渺，云渺特别喜欢王灵灵。

阿九对王灵灵唯一的执着是因为去年千辛万苦搞来的演唱会门票最后没能自己用掉，这就好像她排了两个小时的队终于买到心心念念的冰激凌，结果冰激凌刚拿到手还没吃一口就掉到了地上，心里惦记着这件事，一辈子都忘不掉，想起来就气人。

谢青絮没有太多爱好，年纪大了之后最喜欢干的事就是坑自家女儿，她琢磨着自家女儿既然不是追星族那说不说也没什么大不了的，反正时机到了自然就知道了，说不定还能给个惊喜，到时候看看自家女儿震惊的表情不是也挺好玩的吗？

对此，王灵灵深以为然，所以说这两个人一见如故呢，连恶趣味都这么相似。

恶趣味得到最大满足的王灵灵狠狠摸了摸小阿九的脑袋。她这个月正好在 H 市办演唱会，之后会特别忙，提前带着阿九疯玩了好几天，甚至还去体验了极限运动——蹦极、跳伞、滑雪、溜冰，一样不落。等到演唱会前几天，她给了阿九两张门票。

阿九以为第二张票是给楚先生的，王灵灵却说："你爸爸那边该给的门票都给了，这两张是单独给你和宋樾的。"

阿九愣了下。

王灵灵笑起来，捏捏她的脸："你是不是不知道，宋樾前天就到 H 市了？"

阿九真不知道宋樾来 H 市，心脏的跳动莫名地快了许多。

"他知道你去年没看成我的演唱会，今年准备带你来看，他前天就到了，想给你个惊喜。"王灵灵笑说，"不过他不知道我把门票给你了，到时候你们可要一起来啊。"

阿九眼睛明亮，捏紧门票，认真点头："嗯！"

王灵灵登机前，最后抱了抱阿九，在她耳边小声说："我提到宋樾的时候，你眼里的欢喜都快溢出来了。"

阿九脸上霎时红霞满布，她没想到连只相处几天的王灵灵都能看出来。

她有些拘谨，害羞，还有点慌乱。

王灵灵轻拍她后背，唇角含笑，感慨着又说："宋樾也是。"

最后，她松开阿九，带着些戏谑说："年轻真好，我都开始羡慕你们了。"

王灵灵登机很久了，阿九还是没回过神，她脑子里反反复复回荡着她那句"宋樾也是"。

"我提到宋樾的时候，你眼里的欢喜都快溢出来了。"

"宋樾也是。"

犹如银瓶乍破，让人不由得一激灵。

阿九腾地站了起来，手指竟然有点颤抖，她摸了几次手机才拿出来，结果竟然没拿住摔了。

太紧张了。

她在心里默默背起《出师表》《阿房宫赋》……背完之后，激荡的心情终于缓缓平息。

她拿着手机，点开宋樾的聊天框，几乎不敢眨眼，慢慢地打着字。

楚酒："你在哪儿？"

她突然特别特别想见他，直到眼睛干涩她才想起来眨眼，虽有不适，却丝毫不影响她此时紧张雀跃的心情。

几分钟后，手机"叮咚"一声。

宋樾："回头。"

阿九一顿，倏地站起身往后张望。

机场人头攒动，各种声音混合到一起，但她却能清楚地听见自己的心跳声。

宋樾就在她身后不到十步的地方，穿着黑色的长风衣，右耳戴着一只蓝牙耳机。

他单手拿着手机，立在来来往往的人流中，身形修长，夺人眼球。

即使离得这么远，她也能看见他在笑。

看见她之后，他习惯性摘下右耳的蓝牙耳机，接着慢悠悠地穿过人流径直向她走来，眼里再也装不下任何人。

他停在她身前，顺手揉了下她有点翘起的头发。

她眼也不眨地看着他。

"阿月。"

"嗯。"

"阿月！阿月阿月阿月——"

"听见了，这么大声是怕别人不知道我叫什么吗？"宋樾啼笑皆非地捂住她的嘴，周围已经有好些人看过来了。

阿九不知道吃了什么，这会儿兴奋得按捺不住，微微低头，他颇为无奈地用额头碰了下她的，让她能尽快冷静下来。

刹那间近乎零距离，阿九终于清晰地看见他眼里的情绪。

快要溢出来的欢喜。

当天晚上，阿九做了个梦，梦到小时候父母刚离婚那段时间，每天上学都是无精打采的。

宋樾那会儿脾气差，也不怎么和她玩，幼儿园和她同桌的时候更是懒得和她说话。

宋樾从小就贪睡，经常是别人玩耍他睡觉，小阿九作为他的同桌总是自觉地帮他"放哨"，不让人打扰他睡觉，因为她认为自己是他最好也是唯一的朋友。

　　父母离婚后，阿九垂头丧气了好几天，都不怎么找小宋樾说话，有一天他睡醒，发现她一个人坐在角落里玩橡皮泥，整个人无精打采。

　　原本在幼儿园里，活泼可爱的小阿九每次都会得到老师的夸奖，这几天她却蔫巴巴的，做什么都不起劲，被老师夸奖的频率也少了。

　　小宋樾注意到这一点，晚上回家和保姆侧面打听阿九的情况，才知道她爸妈离婚了。

　　第二天上学，小阿九还是一个人坐在角落里独自悲伤，然后头顶一重，她扭过头，发现小宋樾就站在她身后，一只手笨拙地摸摸她脑袋，另一只手递给她一袋小零食。

　　他在幼儿园里从来不吃零食，今天却带了零食，还把所有的都给了她。

　　两人相对无言。

　　小宋樾坐在她身边，看了眼垂着头对零食也失去了兴趣的她。

　　半晌。

　　小阿九听见他说："我已经半年没有见过我爸妈了。"

　　小阿九抬头。

　　小宋樾没看她，垂着眼睛看她鞋子上的一朵粉色小花，手有点痒，却忍住了。

　　"我爸妈有时候一年都不回家。"他说，"所以在我心里，有没有父母都一样。"

小阿九知道他是在安慰自己，虽然他选择的方法是拿他的伤疤来安慰她。

她想了一晚上，他的爸爸妈妈确实很长很长时间都没回家，以前她甚至以为他们家的保姆就是他妈妈，后来才知道不是，也因如此，她对他总是很包容。

他的爸爸妈妈不在家，一定会有人欺负他，所以作为他的好邻居，她当然要对他好，如果连她都不喜欢找他玩，那他一个人该多寂寞？

小阿九不喜欢一个人，她讨厌孤独，晚上睡觉都要妈妈陪着，所以她总在想小宋樾晚上一个人睡觉一定会害怕，于是白天她便加倍对他好。

有时候他并不回应，还会忽视她的好，但大多时候他都是默默地跟在她身边。有一次她在幼儿园里被大班的小孩欺负，是他一个人把好几个小男生揍跑的。

尽管他也受伤了。

那天之后，小阿九更喜欢黏着他了。这几天因为父母离婚的事，她已经很久没有和他说话了，不知道他从哪里知道她家里的事。

小阿九想到他提起父母一年不回家时冷淡漠然的表情，似乎并不在乎这件事，或许是已经习惯了。

可是他才六岁而已。

小阿九有点难过。

之后的几天，他都会跟在她身边，出去玩的时候会牵着她的手带她过马路，路上遇见她喜欢的玩具也会买下来送给她，即使不喜欢看幼稚的动画片依旧会陪她一起看，在她睡着时会为她盖上一条薄毛毯。

有一次谢青絮在公司加班，托邻居家的保姆照顾一下小阿九，保姆便将小阿九和小宋樾带回家，两人待在一间房里做作业。

晚上打雷下雨，小阿九有点害怕，谢青絮想带她回家，小阿九看看小宋樾，她们要是走了之后就只剩他和保姆了，可是保姆并不是他妈妈。

他会害怕打雷吗？

小宋樾当然不害怕，六年都是这么过来的，打雷算什么？

可小阿九觉得他害怕，心疼他，晚上非要留下来陪他。

小宋樾紧紧皱眉，并不情愿，但是小阿九哭着闹着非要和他一起睡，鼻涕眼泪都擦到他衣服上，他却没有推开她，因她说她害怕打雷。

小宋樾试图把她从自己身上扒拉下去："你妈妈已经回家了，你要是害怕就和你妈妈睡。"

小阿九无视自家亲妈的眼神，理直气壮地抱紧他："我妈妈不喜欢带小孩睡觉！"

小宋樾心想，难道我就喜欢吗？

僵持十几分钟，最终还是小宋樾选择退让，小阿九得以赖在他家。

之后三年，每当打雷下雨，阿九都会借口害怕打雷而赖在宋樾家。

H市下雨了。

阿九被一阵轰然的雷声惊醒，噼里啪啦的雨声里，她的脑中仍残留着小时候的回忆，整个人有些迷糊，分不清这是现实还是梦境。

过了好一会儿她才反应过来，眼神呆滞地望着天花板，手乱摸一通，找到手机，用力眨眨眼清醒过来，点开宋樾的聊天框。

楚酒："阿月阿月阿月……"

楚酒："你睡了吗？"

这个时间点他肯定睡了。

阿九睡不着，拿着手机等他回复，果然没多久他的微信消息就发了过来。

宋樾："？"

阿九看见他的消息时，提起的一口气骤然放松下来，摸着手机边缘后知后觉地想起很久之前的一件事。

那时候她才初三，有一次谢青絮临时出差两天，她半夜突然肚子疼，以为只是普通的疼痛，就没太在意，还开玩笑地给宋樾发消息说自己肚子疼明天要请假。

宋樾睡眠质量一贯不好，睡觉时手机都是静音，一点声音都很容易惊醒他，她的微信消息他自然没能及时看见。

第二天，她疼得下不了床，这才发现自己的肚子疼并不是普通的疼痛，疼得连手机都拿不起来，后来不知道什么时候失去的意识。

再醒过来时是在医院——阑尾炎。宋樾在她床边坐着，眼睛一眨不眨地看着她，见她醒过来，紧绷的眉眼放松了下来。

谢青絮早早便回来了，正在外面打电话。

阿九和宋樾默然对视，谁都没有开口。

过了十几秒钟，她才小声说："你是不是被吓哭了？"

因为她好像看见他眼眶有点红，不知道是哭的还是没睡好。

宋樾说："是没睡好。"

那天之后宋樾手机一直都是正常模式，再也没调过静音，他浅眠，因此每次她半夜睡醒给他发微信时他都能及时醒过来。

或许是今天的气氛适合回忆过去，阿九的第一想法就是给宋樾发微信。

楚酒："你记不记得以前我阑尾炎的时候，醒过来问你是不是哭了的那件事？"

宋樾："不记得。"

胡说，他肯定记得。

于是她更来劲了。坐起来，捞了个枕头垫在后面，挨着床头继续打字。

楚酒："你肯定记得！"

宋樾："不记得。"

楚酒："所以你当时真的哭了吗？"

宋樾："你睡觉把脑子睡糊涂了吗？"

楚酒："所以你肯定哭了，你害怕我出事才哭的，对不对？"

宋樾："……"

这有什么因果关系吗？

楚酒："不用害羞嘛，哭了就哭了，谁还没哭过？我们都认识这么多年了，我也就见你哭那么一次，还是因为我哭的，多有成就感啊！"

宋樾："你哭的次数倒是不少，我怎么就没有你说的成就感？"

楚酒："因为弄哭我的不是你啊。"

之后几分钟宋樾都没回，阿九等了会儿，有点困的时候他才回了个句号表示无语。

又是一声雷。

楚酒："又打雷了。"

宋樾："哦。"

楚酒："所以你害怕吗？"

宋樾："？"

楚酒："唉，要还是小时候就好了，你害怕的话我还能去找你，可惜你都这么大了，时间过得可真快。"

这话说得，好像她已经七老八十了。

宋樾被她搞得没有丝毫睡意，又回了个句号。

楚酒："男孩子害怕打雷也不是什么大事，你克服一下就好啦，我先睡了哦，晚安阿月。"

宋樾第三次回了个句号，他是真的不知道说什么，小时候也不知道是谁雷雨天非要往他家跑的，现在到她嘴里反而变成他害怕打雷了。

真能胡说。

宋樾捏捏眉心，缓缓呼出一口气，随即垂下眼睫，指尖触碰着手机屏幕，面无表情敲下两个字。

宋樾："晚安。"

王灵灵演唱会后正好是寒假七天假期的结束，楚先生恋恋不舍地送走阿九和宋樾，并且在他们登机之前狠狠捏了下宋樾的肩膀。

宋樾沉默地看着他。

楚先生盯了他半天："你叫什么名字来着？"

宋樾还没说什么，阿九倒是先不满了："爸，他叫宋樾，宋樾！

我都跟你讲过多少遍了？你是不是故意忘记他名字的？"

楚先生"啧"了声，松开手，看向宋樾的眼神不太和善："路上照顾好阿九。"

宋樾点了点头。

阿九嘀咕："我又不是小孩子还需要别人照顾。"

楚先生却叹了口气："如果你跟着我……"

也许就不会这么早被这浑小子盯上，这可愁坏了老父亲的心。

最后两人在老父亲虎视眈眈的监视下卡着最后的时间才开始登机。

阿九说："我爸最近工作是不是太紧张了？还是公司资金出问题了？"

宋樾把书盖在脸上，懒洋洋地想，明明是他女儿的问题。

想着想着，他的唇角缓缓勾了起来。

开学之后的时间越来越紧迫，几乎每周一次小测试，每月一次联考大测试。

阿九每天沉迷刷题，半夜刷完一套题得了空就开始给宋樾发微信。

楚酒："今天也很想你哦！"

楚酒："今天你有没有想我呀？"

楚酒："想把你捧在手心！"

宋樾一张表情包走遍天下："多喝热水！"

阿九一点也不介意，当即就拍了张喝热水的照片发给他。

宋樾再次无语。

阿九"骚扰"完这位全校皆知的学霸，顿时又干劲十足，抽出另一套数学试卷继续刷题。

她想和宋樾考一个学校，A大录取分数线很高，她不能松懈。

三模之后阿九的成绩基本能稳定在前十了，如果高考也能保持这个成绩，那么考A大是很稳的，只是专业选择上稍微有点困难。

阿九问宋樾要考什么专业，不出意外的是计算机，研究了下历年来的录取分数，她觉得自己也可以拼一把。

有了目标之后，阿九更有干劲了，考上A大计算机系的机会很大，毕竟她还有宋樾的免费辅导。

陆行云被她感染，再加上三模成绩不太理想，每天上课的时候都是满脸憔悴，反观自己的同桌，一脸仿佛桃花盛开的模样，简直和周围的同学们格格不入。

发现这点鲜明对比的陆行云陷入了沉思，随后开解自己，阿九和别人不一样，不一样。

忍了几天，陆行云还是憋不住，实在耐不住好奇地问："阿九，你的'桃花'开了吗？"

寒假回来后，阿九面对宋樾时和面对其他人时完全不一样，她在宋樾面前就像一朵盛开的桃花，陆行云见多了，就经常用桃花代指某些事。

阿九从理综试卷里抬起头，思考了一下，神秘兮兮地说："没呢，但是我在很努力地浇水灌溉，就等'他'自己慢慢开花了。"

陆行云呆了呆。

她的"桃花"还需要浇水吗？不是说一声"他"就会自己漫山遍野地开花吗？

高考前一周，阿九没有再刷题，她不打算把自己逼得太紧，一个学期都紧张兮兮的，这会儿再紧绷下去脑子里那根弦就该断了，但她也没有闲着，每天看看错题，稍微复习一下就差不多了。

周不醒大概压力比较大，绷了几天估计绷不住，周六一大早就跑去宋樾家的电影房里看了一上午的恐怖片，阿九过去时正好听见电影房里传来的尖叫声，忍不住问宋樾："他怕鬼为什么还要逼自己看恐怖片？"

宋樾正在收拾旧课本，闻言道："大概是想用恐惧打败恐惧。"

阿九不太明白。

宋樾说："快高考了，他压力大。"

周不醒想考 A 大化工系，不过这个专业录取分数也不稳定，一年高一年低的，让人拿不准今年分数究竟是高还是低，他成绩虽然稳定，但万一今年录取线额外的高，那可就太不妙了。

阿九懂了，他这是想以毒攻毒。

周不醒看完电影神清气爽出来时就发现这对青梅竹马正在慢悠悠地收拾旧书本，看起来好像已经高考结束，无事一身轻了，这显得与他之前的紧张格格不入。

周不醒凑过去捣乱，宋樾也没管他，只当哈士奇在家里发疯，周不醒知道他心里怎么想的之后满脸无语，乖乖跟着一起收拾。

收拾到一半，他忽然发现一个本子，封面简单，方方正正的，看边缘应该是蓝色的纸张，好像没什么特别，但他的直觉告诉他这个东西不简单。

于是他趁着宋樾和阿九都没发现时溜了过去，从柜子里拿下那个本子，还没翻开，横空而来的一只手夺走了那个本子。

宋樾盯着他，一脸风雨欲来的表情，看得他人都傻了，但很快他就从他刻意隐藏笔记本的小动作里察觉到了什么。

"哦——"他故意拖长声音，趁着阿九没注意，悄悄给宋樾挤了个眼神，"藏着秘密哦？"

宋樾不置可否，警告地瞥他一眼，兀自转身将本子拿回卧室，并锁进柜子里。

阿九抬起了头，疑惑地看向周不醒："阿月刚才是不是拿走了什么东西？"

周不醒怂恿："你去看看就知道了。"

嗯？

阿九微微眯眼。

从卧室出来的宋樾好似已经忘了这回事，任由阿九如何试探也没有多说一个字，阿九也就没再继续追问。

周不醒说："你不好奇阿月有什么秘密吗？"他可太好奇了。

阿九把书本放进箱子里，头也没抬道："好奇啊。"

"我把阿月引开，你去看看他藏了什么秘密？"

阿九摇摇头："我不干。"

"为什么？"

她想了想，认真地说："我也有个秘密没告诉阿月，如果他问我我肯定不会说，要是他偷偷看了，我会很生气。"

比如她之前那个记录有关宋樾的事情的笔记本，那个时候宋樾其实是看到了她的笔记本的，只是他假装没看到，也没问。

所以阿九也不会非要问宋樾藏了什么秘密。

高考结束恰逢雨后，空气湿润，温度适宜。最后一门考完，阿九出来时宋樾已经提前交卷在门口等着她了。

她一眼就看见人群里的人，径直朝他飞奔而去，扑进他怀里："阿月，回去我们对对答案，我感觉我这次考得特别好，超常发挥！"

宋樾一只手拿着水，另一只手扶着她的肩膀："不错啊，稳了？"

阿九比了个"OK"的手势："九成是稳了。"

宋樾笑了，眼眸轻转，示意她往旁边看："青姨在那儿呢。"

阿九这才发现自己老妈正满脸无语地瞪着她。她讪讪摸了摸鼻子，老老实实地站到谢青絮身边，乖乖说了声："妈，我考完了。"然后补充，"感觉考得特别好！"

谢青絮："听见了，你都和小樾说过一遍了，台词都不带变的。"

阿九"嘿嘿"笑，挨过去蹭了蹭，撒娇："妈，我们晚上去吃大餐吧，我感觉我都瘦了好几斤。"

谢青絮说："你今晚没和渺渺她们约好去吃饭？"

"我和渺渺她们约了明天，她们今天要回宿舍收拾东西。"

上了高三后，云渺就住校了，高考前没把东西搬走，等着考完再搬，今天云澜还专门请了假给她搬家，没空来吃饭。

阿九回头看宋樾："阿月，你晚上有约吗？周不醒不是说考完就要放肆一晚上的吗？"

宋樾低头回了周不醒一条微信，抬头时说："他家里人今天给他准备了大餐，没约。"

看来大家都这样啊。

第二天下午阿九和几个关系好的女生去逛街，逛完就近吃饭，云渺憋了三年，今天总算彻底解放了，几人合计了一会儿，大手一挥直接要了一箱啤酒，酒过三巡，几人又点了福佳和乌苏，并把不同种类的啤酒倒在一起混着喝。

然后喝了个半醉。

宋樾接到阿九电话时正和周不醒几人打游戏。他们的饭局结束得很快，刚吃完他就问阿九结束没，他好去接她，阿九说才刚开始，于是他就被周不醒以"女孩子的聚会男生少掺和"为借口拉去了网吧打游戏，权当打发时间。

这会儿从手机里听见阿九明显有些醉意的声音，颇感好笑。

"别再喝了，等我过去，听见没？"

不知道阿九怎么回的，隔壁座位的周不醒扫了一眼，看见宋樾利落放下耳机，起身离开座位。

周不醒用眼神示意其他几人，一时间嘻嘘声起。

"有青梅竹马就是不一样，不像我们，单身只能在网吧打游戏。"

"胡说什么？我们月月还没追到呢，你们都太高看他了。"

"哈哈哈哈哈哈哈！"

宋樾懒得搭理他们，转身就朝门口走去。

他是第一个到的，云渺她们也给家里人打了电话，这会儿五个人半醉半醒地趴在桌子上叠纸巾，倒都挺老实，不吵也不闹。

阿九正在努力把纸巾折成纸鹤，旁边已经摆了两只折好的，她手里的是第三只，已经折好一半，大概是很久没等到宋樾，嘴里咕哝着抱怨："怎么还不来呢……"

看见宋樾的第一时间，她眼睛一亮，把旁边两只软趴趴的纸鹤递给他。

宋樾没接，低下头看她，她乖乖坐直身体，双手捧着纸鹤，双眸湿润，含着朦胧的醉意，眼巴巴地望着他。

"这是什么？"他故意问。

"纸鹤呀。"阿九慢吞吞地说。

他又问："你送我纸鹤干什么？"

阿九想不起来为什么会折纸鹤送他，还是用纸巾折出来的，皱着眉头想了半天，想不出理由，只好理直气壮地说："我折不好其他的东西，我只会折纸鹤。"

宋樾这下是真的笑了起来。

"那你喜欢吗？"她试图站起来，凑到他身前，被他用一只手按着脑袋又给摁了回去。

他好笑，从她手中抽掉那只软趴趴的纸鹤："喜欢。"

阿九眯眼："真的喜欢吗？"

"真的喜欢，你喝了多少？"

他把纸鹤放到桌子上，桌上残留的酒渍沾湿了纸巾，他看了眼，将纸鹤拎起来放到干净的地方。

桌上一堆空酒瓶，虽然都只是啤酒，但混着喝的话确实容易上头，她们胆子真不小，竟然敢混着喝。

不知谁的胳膊不小心碰了下酒瓶，宋樾抬手接住放到一边。

阿九眼也不眨地看着他，双手捧住脸得意地笑起来："可是我没问你喜不喜欢纸鹤。"

他回头。

她眨眨眼，赤裸裸的目光落在他若有所思的脸上，似乎是有点不好意思，抿了下嘴角，含蓄地浅笑："我是问你喜不喜欢我。"

喝醉了还知道给他设置陷阱？

宋樾啼笑皆非，停了一瞬，慢慢俯身将她抱进怀里，挨着她的耳低声答："嗯，喜欢。"

周遭喧哗，她耳中却只能听见他的声音，终于尘埃落定。

阿九安心地趴在他怀里装睡。

剩下的几个女生很快就被赶来的家人带走了，最后一个到的是云渺的哥哥云澜，他直接把妹妹粗鲁地扛到肩膀上，一脸嫌弃。

"明天起来头疼死你，臭丫头。"

说着，他转头看向宋樾："刚才麻烦你了，你现在还不走吗？"

宋樾倒是想走，但阿九不想动，拉着他非要再坐会儿。

云澜懂了，打完招呼便带着云渺走了。

宋樾将阿九从怀里拉出来，看见她鼻尖红红的，还有一条浅浅的印子，他皱了下眉，低头看了眼自己的外套，她鼻尖压到了他衣服上的银色拉链。

他将外套脱下放到一边，又将阿九凌乱的头发抚顺，捏捏她酡红的脸，还是忍不住地想笑："说吧，为什么不想走？"

阿九没有醉到不省人事，只是喝了个半醉，能认人，能思考，虽然思维比平时迟钝了些。

她黑白分明的眼珠直勾勾地盯着他，闻言缓缓歪了下头，认真思考了十几秒钟，遵从本心地答道："因为想和你在一起。"

"回家也能在一起。"

"那不一样。"阿九摇摇头，牵起他的手，呆滞的脑子开始缓慢转动，她呆呆地盯着他的指尖，喃喃自语，"牵手了，阿月。"

他没听清，侧耳过去："什么？"

阿九没理他，兀自将自己的五指挤入他指缝，牢牢抓紧，满足地笑："我和阿月牵手了。"

他微怔。

她举起手贴到自己脸上，一本正经的样子："阿月肯定不知道我写了多少关于他的小秘密，因为我藏得很好，他看不见！"

宋樾想起去年在她房间看见的那个充满少女心的笔记本，当时她的表现格外慌张。

所谓的小秘密，就在那个本子里？

"不是哦。"阿九还是摇头，拧眉想了想，伸手去拿手机，"秘密不在笔记本里，秘密在另一个地方。"

她试了几次，想登录小号，却登录不上，有点委屈，干脆把手机塞他手里，指挥道："你登！"

宋樾替她登录小号，她将脑袋凑过去，眼睛离手机屏幕很近，手指戳了几下，这两年记录的小心情便全部暴露在他眼前。

她往下翻，翻了很久才翻到最初的那条记录。

"我想和阿月牵手。"

她指着那行文字，又指了指和他牵在一起的手，自己给自己点了个赞："这条实现了。"

她没注意到上面一条补充记录的是"我想亲阿月"。

宋樾没有再往后看，目光在这两行文字上停留很久，慢慢抬起眼，幽幽的黑眸一寸一寸地摩过她的脸，最后停留在她抿起的唇上。

第二天阿九醒的时候头疼得要命，瘫在床上装死大半天，最后实在渴得不行只能起床去倒水喝。

谢青絮今天要上班，一早便出了门，厨房留了蜂蜜水，阿九喝完水重新躺进被窝，意识越发清醒。

三分钟后，她腾地坐了起来，愣了好半晌才找到手机，小心翼翼点开自己的小号，在看见"我想亲阿月"这条底下被自己点了个赞时，整个人都傻了。

一共只有两条点了赞的，一条是牵手，已完成。她虽然喝醉了但没断片，还能记得昨晚干了什么。

另一条是"我想亲阿月"，为什么也点了赞？

阿九实在想不起来昨晚究竟有没有将这件事办成，没办成的话她怎么会得意扬扬地给自己点了个赞？

点赞代表她完成了这个小目标，可是她一点也不记得她干过这事儿！

如果办成了，她现在却完全想不起来，那不是更亏吗？

阿九把脑袋埋进枕头里，双手抱着枕头两端开始在床上翻滚，快要滚下床时手机突兀地响了几声。

云渺："你昨天没耍酒疯吧？"

云渺："我跟你说我简直要羞愧而死，我昨天耍酒疯了，拿着凤梨当话筒，还把手给扎破了！"

云渺："我哥竟然还给我录了视频，我要被气死了，我现在看一次就想杀了他一次！"

阿九回忆着昨晚回来之后发生的事，谢青絮带她去洗澡，她坐在浴缸里玩浴球……除了给自家亲妈弄出一身泡泡外，似乎就没干过太夸张的事。

幸好，幸好。

阿九无比庆幸昨晚的收敛，但她还是想不起来她有没有亲宋樾。

云渺对此感到难以置信，直接打了个电话过来："你都喝醉了，还不趁机占他便宜确定关系吗？"

阿九："可我喝醉了，根本不知道自己干了什么。"

"……说得也对哦。"云渺又说，"要不然你直接去问他，他不可能不承认。"

阿九脸红了，捂住脸："我怎么好意思问这种事啊。"

云渺怂恿："那你就再亲一次，反正不管怎么算你都不亏。"

阿九本来想坚定地拒绝，但话到嘴边竟然说不出口，心口怦怦跳，她确实有些蠢蠢欲动。

谢青絮上班前叮嘱宋樾早上去看看阿九，顺便让她把厨房里的蜂蜜水喝了。

宋樾醒得早，一早坐在沙发上一边折纸鹤一边等阿九睡醒，然后他就看见阿九梦游似的，飘到厨房喝了蜂蜜水，又梦游似的，飘回卧室。

从头到尾都没往客厅多看一眼，自然也没看见他坐在这里。

他忍不住笑起来。

折完最后一只用笔记本纸页折成的纸鹤，阿九的房间也传来一些动静，没多久她光着脚拉开门，风风火火地往外跑，跑了一半才想起来没穿鞋，又跑回去穿上拖鞋，再出来时终于看见客厅多了一个人，刚迈出的一只脚急忙收回，险些绊倒自己。

她睁大眼睛望向他，嘴唇微微张开，实在是想不通刚才出来时没见着他，怎么一转眼的工夫他就跑到自己家了。

半晌。

阿九猛地转身，把自己严严实实藏进沙发后面，连脑袋也没露出来，像一只陷入自闭的猫。

她不由自主地想起昨晚对他做的那些不可言说之事，以及至今没想起来的"亲亲"。

亲了吗？

没亲吗？

究竟亲了没？

如果亲了，她不记得，那就是亏大了。

可如果没亲，她也感觉很亏。

所以究竟亲了还是没亲？

她脑子太乱了，不由得自言自语。

"亲了。"宋樾的声音从沙发背上飘下来。

阿九呆住："真亲了？"

"嗯。"他双手交叠搭在沙发背上，将下颌置于手背，低垂着纤黑的睫毛，笑吟吟地注视着她，重复道，"的确亲了。"

可是她一点也不记得了呀！

阿九又是害羞又是气愤，那么好的一次体验竟然就这么错过了！可是她究竟什么时候亲的？

她纠结地抓抓拖鞋上的兔耳朵，悄悄仰起头看着他，目光和他相撞时不由得闪烁。

突然，他低下头。

脸颊上柔软的触感一触即逝，阿九条件反射地摸摸脸，怔愣地望着他："就、就这样？"

"不然呢？"他反问。

阿九脸憋红了，拽着兔耳朵的手指用力，嘴上支支吾吾说不出话。

原来是她想多了，只是亲了脸……

然后她一愣，更蒙了："昨天也是你亲的我？"

她这副样子实在有些呆，眼角眉梢含着淡淡的喜悦，让人忍不住想再碰碰她。

宋樾重新将下颌搭上手背，微微侧头瞧着她，慢悠悠地答："不好说。"

阿九："？"

宋樾没有再多说，抬手摸摸她额头："头还疼吗？"

"不……"阿九眼珠一转，双手扶着脑袋，浮夸地开始装病，"啊，好疼，感觉头都要裂开了。"

宋樾佯装没看出来："是吗？"

在她假装无辜的眼神中，他笑了下，双手伸出去拢着她双腋轻松把她从沙发背后抱了过来。

转眼就是悬空的失重感，阿九被他突然的一出搞得心跳紊乱。

宋樾虽然瘦，但并不是无力的那种瘦，单手抱阿九都没问题，更别说只是把她从沙发后抱到沙发前，她并不担心会掉下去。

阿九顺应惯性跌在他怀里，两条腿伸出去都没他的长，没来得及打理的长发铺在他胸前。

　　她呼吸不太顺畅，下意识想拉开距离："我、我还没洗脸，还没换衣服，我要去换小裙子，上次买的小裙子一次都没穿过呢。"

　　从小到大没有人比宋樾更了解她，她话一出口，他大概就能猜到她心里究竟在想些什么，想了想，将她横抱起来走到对面的沙发前，放下她。

　　她睁着圆眼不明所以地看着他，随后才注意到茶几上放了好些千纸鹤，脑子里再次浮现昨晚干过的蠢事，她拿纸巾折千纸鹤……脸都麻了。

　　宋樾伸手拿过来一只千纸鹤放到她掌心，黑眸直视着她，意有所指道："昨晚不小心看了你的小秘密。"

　　空间日记几乎全被他看完了，阿九头皮发麻，双手搭在膝盖上，眼睛盯着地板，她想找条缝钻进去度过余生。

　　宋樾继续道："所以礼尚往来，你也应该看看我的小秘密。"

　　阿九抬头。

　　他抬了抬下颌，示意她打开千纸鹤。

　　阿九疑惑地看看他，又看看手上这只千纸鹤，注意到茶几上还放着一个款式简单的笔记本，蓝色的折纸，普通的封面，他折纸鹤的纸张似乎就是从这个本子上撕下来的。

　　她更加困惑了，在他的暗示下缓缓拆开折好的纸鹤。

　　褶皱清晰的纸一点点展现在她眼前。

　　2019.7.21，阿九生日，满脸奶油，可爱。

她再次抬头看他，有些不可置信。

他倒是不以为意，又拿起一只纸鹤放到她手上。

2018.7.3，她以为我不知道最后一盒哈根达斯是谁吃掉的。

2019.4.8，阿九被篮球砸中脑袋，人不会变得更傻吧？

阿九狠狠踩了一脚宋樾，他面色不变，再递给她一只纸鹤。

2020.9.16，游戏通关幸运数字九，这个游戏还不错。

2018.2.14，情人节，阿九回老家过年，没回消息。

2020.10.25，她以为我喜欢扎辫子，买了两盒彩色的发绳，我怎么可能喜欢给自己扎辫子？

2020.11.20，无聊，学了两个编头发的方法。

2020.11.21，还是无聊，又看了几个编头发的新教程。

拆开的纸鹤越来越多，上面写的时间也断断续续，他随手写下的东西并不多。

五年的时间，一共 1825 天，他只写了 39 张纸，2% 而已，然而每张纸上全是她，100% 只有她。

最后一张纸上没有写明时间，不知道什么时候写的，只有简单的六个字，笔锋很重，纸上的凹槽清晰分明。

原来我喜欢她

连个标点符号都没有，不知道他当时写下这句话时在想什么。

周围渐渐变得寂静，甚至连呼吸声都听不见，不知过了多久，阿九后知后觉听见耳朵里有什么在响，恍惚半晌才意识到那可能是心脏的跳动声。

"怦怦！"

"怦怦！"

阿九缓缓低下头，躬下身，一言不发地把脸埋进手中褶皱的纸张里。

原来他喜欢她这么久了啊。

阿九紧紧攥着这张纸，心口的情愫几乎要把她淹没，眼睛酸酸的，转身扑进他怀里，脸埋进他的肩窝："我昨天晚上喝醉了。"

"我知道。"他摸摸她后脑勺的头发，有点手痒，想给她编辫子。

阿九微微抬起头，一脸认真："所以昨天做的事和说的话都不算数。"

宋樾轻微地挑了下眉，不太赞同："喝不喝醉都是你，为什么不能算数？"

阿九噎了一下："我的意思是，昨天的不算数，今天的才算数。"

宋樾眼睫微微动了下，似乎是想到什么，黑瞳慢慢地转动，嗓音很低："嗯？"

阿九抿了下嘴角，虽然嘴上这么说，但心里还是没有那个胆子，多少有些脸皮薄。

最后，她还是连蒙带猜把昨天可能对他做过的事又重复了一遍，直到被他指尖摁着后颈，渐渐呼吸不匀时才恍惚着反应过来，他之前说的那句"不好说"是什么意思了。

反守为攻，确实不好说责任在谁。

但是不管怎么说，她肯定不会再继续亏下去了。

– 正文完 –

番　外　一

恋爱日常

Fanliana

-BUNENGHEBIERENTANLIANAI-

　　填完志愿后，阿九和宋樾在一起这事儿传遍了朋友圈，认识他们的朋友纷纷发来祝福。

　　"早就看你们之间不对劲了，可到现在才确定关系我也是没想到。"

　　"你俩可不许分开啊！我绝不允许！"

　　"你们都是一个大学了，恋爱长跑四年，毕业会不会就结婚啊？"

　　"结婚一定要请我喝喜酒啊，记得给我留个位置，不过大家都是老朋友了，红包意思意思给点行不？"

　　阿九坐在宋樾怀里慢悠悠回消息，一边回一边读给宋樾听。她的回完了，宋樾又把自己的手机给她，让她帮他继续回复他微信里的消息。

　　男生和女生的交流方式确实不太一样，阿九回一个，对方马上冒出一句："本人？"

　　阿九："……"

　　这些人怎么回事！这都能看出来？！

　　阿九不信邪，又回了几条，结果对方回："秀恩爱秀到这种程度真的好吗？这对单身人士形成了巨大的冲击，你俩知道吗！"

　　阿九败下阵来，决定放弃，赖在宋樾怀里伸了个懒腰："这个暑假还很长呢，我们总不能天天待在家里吧？"

　　宋樾此时正对着教程视频给她编第十二种小辫子，有一处没编好，他皱着眉将视频进度条拉回去，随口应了声："想去哪儿玩？"

　　"大理怎么样？或者桂林、哈尔滨、拉萨……"她掰着手指头数，"我们先去哪里比较好？"

　　宋樾专注着手中的头发，闻言答："大理。"

　　"为什么是大理？"

　　"因为你第一个说的就是大理。"他低头吻了下她耳尖，"别乱动，辫子歪了。"

　　阿九老实了一分钟，在他微微倾身向前预备播放下一个视频时突然回头，她没掌握好角度，亲歪了，亲到了他的嘴角。

宋樾的手顺势搭在桌沿，乌黑瞳仁向下偏了一个度，似笑非笑的模样。

阿九眼神乱飘，心虚地后退，他倾身向前，搭在桌沿的手扶着她肩背，另一只手捏捏她下巴，长长的睫毛轻压了下，他低声笑了。

"想亲我就直说，我没说不给亲。"

"……"

"亲吗？"

阿九被他整个拢在怀中，抱枕似的，小小的一团，这个姿势让她有些恍惚，反应过来后嘴上却很有骨气地拒绝了："不亲！"

宋樾"哦"了声，扶在她肩背的手猛地一个用力将她往前一带，直接低下头，笑意弥漫。

"可是我想亲。"

大一开学没几天，一张照片席卷 A 大论坛。

那是一张正面拍摄的照片，身形修长的男生抱着一个中长发的女生。

略显模糊的图片里，高个的男生一头栗色的柔软短发，上半身穿着撞色的短袖，下半身穿的是一条黑色的束脚工装裤，优越的腿形勾勒出神秘的黑色轮廓。

男生略微收着下颌，低眸瞧着抱在怀里的女生，女生茶色的头发编成两股辫子乖巧地垂在胸前，穿着白色短袖和短款咖色背带裤，露在阳光下的两条腿纤细白皙。

女生两只手搂着男生脖子，仰头看他，照片里只能看见女生半张侧脸，正笑着。

图片不知道被保存了几次，有点模糊，两人的五官看得不是很清晰，却依旧能看得出来，这对恋人颜值很高。

照片背景是学校操场。黄昏时分，两人逆光而行，周围的景色略显虚化，镜头完全聚焦在他俩身上，像一部质感极好的偶像剧。

拍照的人只是随手一拍，却被惊呆了，这效果实在太好，都不用修图。

原本这张照片也不至于火到上热搜的程度，顶多就是在小圈子里火一阵，可谁也没想到，著名歌手王灵灵竟然给博主的微博点了个赞。

于是这张照片就这么阴错阳差地上了热搜。

"三分钟，我要知道这对情侣的所有消息！"

"王灵灵和他们什么关系？为什么会点赞？？？"

"博主上原图啊！我要原图！我要放大看每一个细节！！！"

然后博主真的上了原图，没几分钟再次被王灵灵点赞。

网友："……"

所以王灵灵一个大明星到底为什么如此执着地给这张照片点赞？！

网上又开始了一大轮热烈讨论。

作为当事人的这对小情侣还在为晚上吃水饺还是馄饨而纠结，阿九两个都想吃，但肯定吃不下。

最后宋樾点的馄饨，阿九点的水饺，一人一半交换，她便能全吃到。

两人饭还没完，手机一前一后振动起来，分别是认识的朋友发来的一张照片，问照片里的人是不是他俩。

阿九放大仔细看了眼，忍不住赞叹："哇，拍得好好看哦，就是阿月你的脸有一点点模糊，我都看不出来你的表情是嘲笑还是冷笑。"

宋樾眼也没眨地先点保存，随后才放大仔细看阿九的笑脸。

嗯，可爱。

"冷笑和嘲笑有区别吗？"宋樾懒洋洋地瞧她，"明明是微笑。"

"哪有你这样嘲讽式微笑的啊？"阿九回忆，"我那天是绕操场走圈走累了你才抱我的，你当时就是在嘲笑我体力不好。"

这次宋樾没再答话，毕竟她说的是事实。

阿九挨着他的肩膀一个个回朋友们的消息，两分钟后终于找到原微博，评论里已经有 A 大的同学前来认领了。

"这是我们 A 大的！他们都是大一新生，是我计算机系朋友的同班同学！！"

"计算机系？竟然是 A 大计算机系？"

"人家不仅是学霸，长得还好看，还让不让我们这种普通人活了……"

"原来是校友，太好了，我马上去学校论坛关注，我不信论坛没有！"

……

阿九看了一部分评论，忽然想起来宋樾一向低调不爱出风头，这次却因为一张照片而上了热搜，稍微有些忧心。

宋樾想了想，并不在意："过几天热度就下去了。"

阿九说："那我们以后要收敛些吗？"

宋樾直接伸手把她拉进怀里，蹭了下她眼尾，不紧不慢地说："我忍了好几年才盼到今天，怎么可能会因为这些不相干的人收敛？"

阿九被他直白的眼神看得有点不好意思，移了下目光，而后又看了回来，眨巴着眼："好吧，那就不收敛，反正我们又不是大明星。"

接下来几天的日常生活和之前差不多，毕竟是 A 大，大家都忙着学习，偶尔上网娱乐，并不会把所有时间都放在别的事情上。

十二月初，A 大来了一伙演员，有个校园剧取景就在这儿，而且据说男女主角正是当今人气演员。

阿九上了大学后开始沉迷汉服，买衣服换衣服她擅长，但用各种发型搭配汉服这种事她是决计做不到的，不过问题不大，宋樾擅长就行了。

于是宋樾宿舍的桌上除了自己的书，杯子，电脑等平时用得比较多的东西，他还单独买了个架子，专门放一些发饰、簪花，还有簪子和发带之类的东西。

他的东西加起来都没有阿九的东西多。

宋樾室友早从最初的震惊、痛心，渐渐地变成如今的敬佩和纠结。

因为他们的女朋友听说宋樾对女朋友的纵容程度后，曾一度羡慕他女朋友的待遇，要自家男朋友都学着点。

一段时间后，阿九准备和宋樾出去约会，特地换上新买的裙子，头发散着，等着宋樾给她做个合适的发型。

枫树林离东西两个校区的宿舍不远，他们每次都会先在枫树林碰面，宋樾先给阿九弄头发，弄好后两人出发去约会。

巧的是今天刚好剧组的拍摄团队也来枫树林拍摄，他俩不小心入了镜，有人拍路透视频时也没注意，就这么把他俩拍了进去。

镜头里，穿着白色连帽卫衣的男生微微低头，神色认真地替坐在前面穿着汉服的女生弄头发，他手法娴熟，几乎没怎么停顿。

女生丝毫不怀疑他的手法，转身朝他伸了下手，他眉一扬，俊脸含笑，慢悠悠向女生的方向俯身，女生顺势捧住他的脸，嘴里似乎说了句什么，可镜头有点远，没人听得见他们的话。

男生另一只手搭在石桌上，唇也动了动说了句话，依旧听不见，接着他漫不经心地侧过一边脸。

女生仰起头去亲他的脸，他头一偏。

枫林红得正艳，飘落的红色误入镜头，恰好遮住他俩接吻的镜头，只一瞬间，等枫叶落下时，他们已经分开了。

女生没生气，反而用手指点点他嘴唇，露出幸灾乐祸的表情。

男生抬手蹭了下唇，发现指尖沾到了口红，蹭了几下才蹭干净，抬眼看向女生时无奈地笑了起来。

之后女生从包里拿出一支口红，可能是没找到镜子，口红便落到男生的手里，他单手捏住她下颌轻轻抬高，试探性地拿着口红给她涂了下嘴唇。

估计是没涂好，他动作一顿，不自然地偏过头轻咳一声，她看出来他的心虚，立马拒绝他还想补救的动作，愤愤把脸凑到他眼前，小心翼翼地对着他眼睛里的自己看了会。

结果是女生气呼呼提起裙摆追着男生跑，想打他，男生游刃有余地故意逗她，两人稍微闹了会儿，终于注意到枫树林另一边的拍摄团队。

男生抬头朝这边的镜头看了眼，下一秒就伸出手将女生揽进怀中，与此同时微微侧过身，修长的身形将女生整个严实地护在身前，镜头里再也看不见一丁点女生的身影。

唯有男生脚边垂落的一截浅色裙摆，被晚风吹得轻轻摇晃。

正常的路透视频原本没这么长，因为拍摄的这位是 A 大的学生，受朋友之托来拍照，她琢磨着再补个视频私发给朋友，结果拍着拍着就发现枫树林后面坐着她最近蛮喜欢的情侣。

于是镜头主角就从原本的两个演员变成了后面两个路人。

一开始她只是把视频放到宿舍群分享俊男美女的日常，哪知随着分享范围越来越广，最后竟被营销号发到短视频 APP 上，两人就这么阴错阳差地火了起来。

这么大的流量不要白不要，接下来短短几天的时间，阿九收到好些签约的邀请，她一一回绝了。

她是真的没时间，快期末考了，而且她今年还报名了一个竞赛，比赛时间就在一月初，平时已经忙得晕头转向，每天除了上课就是去图书馆看书做准备，晚上到熄灯时间才回来。

宋樾原本应该可以比她好些的，他不喜欢参加比赛，可导师偏偏很看重他，硬是拉着他和小团体一起报名，自然而然地，这段时间他也被迫忙起来。

期末考前，两人见面的次数越来越少，直到考完才双双松了口气，坐在回家的高铁上手牵着手放心地睡了过去。

阿九是真的很累，比高考还累，高考前她还能放松地出门散心，到了大学要准备比赛和期末考试，还要兼顾社团活动，零零散散的事情加一起一天都闲不下来。

好在这学期结束了。

高铁上，之前她还乖乖挨在宋樾肩上，后来不知不觉就歪进他怀里。

没睡着的宋樾低头看了她一会儿，替她调整了舒服点的姿势，指尖细细触碰着她的脸，感觉到她呼吸浅浅地萦绕在他指尖，唇角微微弯起。

"阿月。"

她突然抓住他的手指。

宋樾似乎并不意外，反手握住她指尖，拇指轻轻磨蹭了下她纤细的指节，懒懒地："怎么？"

"你手好热。"

"烫醒你了？"他故意更紧地握住她的手。

其实根本不烫，只是暖暖的，他的手抚在她脸上的感觉很舒服。

阿九没再说话，闭起眼，拿着他的手盖在自己眼前充当人肉蒸汽眼罩，嘴角上翘。

寒假的第一个周末，阿九收到自家亲妈准备的一份礼物：一个黄色的 U 盘。

谢青絮郑重地把 U 盘交到阿九手里，语重心长："我们小九大了，有些事还是要提前了解清楚，这是妈妈早些年就准备好的东西，就等着今天交到你手里。"

阿九拿着 U 盘，一脸茫然："什么？"

这是什么传家宝吗？

谢青絮帮她把 U 盘插上，侧过头，体贴地问："需要妈妈陪你一起看吗？"

阿九更迷茫了："看什么？"

谢青絮替她打开 U 盘，里面有一个生理知识百科文件夹。

阿九："……"

谢青絮拍拍她的脑袋，说："当年你妈我就吃了不懂的亏，不然你也不会这么早出生，所以妈妈以过来人的身份告诉你，以后你和小樾要是控制不住，不管怎么样一定要戴——"

话没说完，阿九噌地拔掉 U 盘塞她手里，满脸通红，手忙脚乱地把她推了出去："我懂！我都懂！生物课老师都讲过！！！"

谢青絮促狭地笑，被推出去之前还不忘把 U 盘扔回房间，扬着声说："这可是妈妈准备了多年的，有些都绝版了，连网上都搜不到，你不看就亏了啊。"

门内盯着烫手 U 盘的阿九："……"

谢青絮又说："话说回来，小樾家里也没个大人，不知道他需不需要，要不要和他妈妈说一声……"

阿九："妈！求你别管这个了！！！"

谢青絮忍着笑，坏心眼地逗完自家女儿后就哼着跑调的歌回了房间，周末加班带来的坏心情已经消失了。

这天晚上，阿九熬到半夜两点，好不容易睡着了还做了个光怪陆离的梦。

第二天一早醒来，她脑子里回荡着昨晚的梦，呆呆地望着天花板，脸上只有一种表情——我是不是疯了？

就算现在没疯，距离疯也不远了。

她勉强翻了个身，两只手狠狠揉搓自己的脸，艰难地起床洗漱，回来时已经清醒了许多，放在床头的手机恰好"叮咚"响了起来。

宋樾："我等下要出门买点东西。"

他出门买东西一般不会特地告诉她，除非是想和她一起出门。

阿九神思飘忽一瞬，手指下意识敲字。

楚酒："买什么？"

宋樾："U盘。"

救命，她这辈子都不想再看见U盘这种东西了！

阿九崩溃地看着手机上打了一半的回复"你等我一下，我换件衣服就"，停顿一秒，快速地把这行字删了，回了一个字。

楚酒："不。"

回复完，还有点过不去心里这道坎，恶狠狠地戳了戳屏幕，一不小心戳到宋樾的头像上。

屏幕上立马显示"我拍了拍宋月月"。

宋樾："？"

怎么说？他会不会问拍他干什么？或者"不"什么？

阿九倒头埋进被子里，左右翻滚几下，还没想好怎么回复，宋樾的消息又推送过来。

阿九从被子里探出脑袋，顶着一头乱糟糟的头发悄悄翻开盖在被子上的手机，从中间的缝隙里看了看他的回复。

屏幕的光落在她白皙的脸上，映得她眼睛亮晶晶的。

宋樾："再拍一下。"

阿九狐疑，坐起身，迟疑了会儿还是好奇地拍了下。

这次却显示"我拍了拍宋月月的头并偷亲了他"。

楚酒："？？？"

宋樾："你占我便宜？"

楚酒："你不要脸！！！"

一分钟后。

"我拍了拍自己的头，并踹了宋月月一脚"。

宋樾几分钟没回复。

阿九犹豫了一下，但又不想给他发消息，便试探性地拍拍他头像。

"我拍了拍宋月月的头，脑震荡赔三千"。

阿九："……"

伤敌一千自损八百，他竟然这么狠。

因为微信拍拍的事，接下来两天阿九都没有搭理宋樾，她要用行动向他表明，她是个坚强不屈、不畏强权并且拒绝恶意拍拍的女人，虽然他们玩了一晚上幼稚的拍拍游戏。

周末一过，居家加班的谢青絮回公司上班，家里只剩下阿九一个人，她昨晚失眠了，熬到两点才睡着，谢青絮走的时候她还没醒。

意识迷迷糊糊时听见有人敲门，她以为是谢青絮喊她吃早饭，揉着眼睛开了门，然后被找上门来的宋樾堵了个正着。

阿九看清他脸的一瞬间立马关门，没关上，他单脚抵住门，将她一把抱了起来放在床上。

他双手撑在床沿，居高临下地看着她，黑眸幽幽，秋后算账的气场十足。

阿九睁着双眼和他对视，仅仅几秒钟，睡意消散，逐渐攀上脊骨的是一种说不清道不明的痒。

宋樾身上有点淡淡的香味，是洗衣液的味道，他用的洗衣液和她的是一样的，但不知道为什么，她闻到的他衣服上的香味和自己的不太一样。

她更喜欢他身上的味道。

阿九想到这两天的刻意躲藏，心虚地将脸埋在他白毛衣里磨蹭，软乎乎地喊："阿月阿月，你怎么这么早醒呀？"

他一向起得晚，为了来捉她竟然对抗生物钟习惯，实在太不容易了。

阿九绝对不会承认她是故意这么做的，因为宋樾就吃她这一套，不管她以前怎么挑衅他，只要抱抱他撒个娇，他就会放弃找她算账。

他静了片刻，在她偷偷抬起头时捏住她下巴，低头想亲她。

微热的气息落在她还带着睡痕的脸上，她想起什么，费力地偏开头，捂住脸，声音含糊地拒绝："不行，我才刚睡醒。"

还没来得及洗漱。

宋樾看了她一会儿，伸手将她睡得黏在脸上的一根发丝拨开，缓缓松开她，送她去浴室洗漱。

"阿九。"

浴室门关上前，他突兀地开口。

阿九疑惑。

他的黑眸注视着她，将她整个人悄无声息地包裹，他看起来略显危险，又显得有些让人捉摸不透。

"我喜欢你。"他轻声说。

她愣了下。

宋樾若无其事地摸摸她的脑袋，这让她不禁想起前两天幼稚的游戏"微信拍拍"。

"突然想起来没有亲口和你说过这句话，现在说应该也还不算迟？"

　　说完，他大概也想起来什么，手上动作一顿，面不改色地收回手。

　　阿九盯了他两秒钟："脑震荡，赔三千。"

　　宋樾："……"

　　阿九狡猾地笑："不过我俩扯平了，那就谁都不用赔吧？"

　　新年没多久下了一场大雪，阿九拉着宋樾去堆雪人，指着最丑的那个雪人说是宋樾，还和雪人拍了张合照发朋友圈。

　　"我和我天下第一帅的男朋友。"

　　周不醒："阿月，如果你被绑架了就眨眨眼。"

　　正在逛超市的阿九忙里偷闲拿着宋樾的手机回复："眨。"

　　周不醒："绑匪看见了吗？赶紧撕票，你再拖延一秒钟，我这兄弟能跑到八百米之外！"

　　宋樾瞥了眼朋友圈里的回复，腾出一只手把手机从她手里抽回来，瞄着她："撕票？"

　　阿九立即表态，举手发誓："那可不行，我舍不得。"

　　宋樾哼笑，手机在手中不紧不慢地转了一圈。

　　阿九继续若无其事地低头玩手机。

　　云渺："你这个雪人长得很有灵性啊，像……"

　　阿九回复："像阿月吧？"

云渺："像你俩爱情的结晶，哈哈哈哈哈哈！"

宋樾父母的回复慢了一点："两年不见我儿子，怎么胖成这样了？"

阿九立马回复："我养的，伙食可好了！"

宋樾对自家父母的离谱发言视若无睹，这么多年早就习惯了，有爸妈和没爸妈没区别。

阿九又收到一条新回复，是社团的学长。

赵学长："你和宋樾分手了？"

大概是觉得这个说法太伤人，没一会儿他就删了，宋樾俯身从阿九身侧拿货架上的东西时恰好看见了这条消息，动作一顿，垂下眼睫注视着她的手机屏幕。

再刷新，跳出来一条新的消息。

赵学长："你和宋樾……"

阿九正要回复，听见耳边响起幽幽的声音："你和宋樾怎么了？"

她转过脸。

宋樾冷嘲："你学长看不出来这是在秀恩爱？"

阿九眨眨眼："或许是的吧？"

宋樾若有所思地点点头，嘲讽道："单身，可以理解。"

阿九："……"

他也只比别人早半年谈恋爱而已，骄傲得好像已经谈了十年恋爱。

阿九决定给学长留点面子："也许是我秀得不够明显。"

一分钟后，她重新发了张和宋樾站在雪人前双人自拍的合照。

照片里的宋樾下颔搭在她毛茸茸的帽子上，头发和睫毛上落了雪，右手比了个"耶"，脸上没什么表情；而戴着白色毛绒帽子的阿九却笑容灿烂，左手比"耶"，右手做出自拍的动作。两人今年的第一张合照就此诞生。

这次她没再看朋友圈回复，随手把手机装进口袋，一只手牵着宋樾的，另一只手开始往他推的购物车里装东西。

路过冷藏区时她偷偷拿了两盒冰激凌放进购物车，宋樾握住她的手腕慢慢把冰激凌放回去。

阿九和他对视，可怜兮兮地双手合十祈求道："就买一盒，就买一盒好不好嘛？"

宋樾将她蠢蠢欲动的手捉了回来，宽大掌心拢住她的，一丝机会也不给她，冷漠反问道："感冒好了？"

阿九最近有一点感冒，但并不严重，只是说话还有淡淡的鼻音，堆雪人时她几乎没动手，全是指挥宋樾堆的。

人生病的时候总想吃冷的，这可是个坏习惯。

阿九被宋樾拉走时还恋恋不舍地回头看，像是一个可怜的妻子。

宋樾抬手捂住她的眼睛，阿九扒拉着他的手说："我看不见了，要是撞到什么东西你要负责。"

这句话刚说完她就被他用力带进怀里。

低笑的嗓音从上面飘下来，"负责就负责。"

阿九窝在他身前，两只手扣在购物车的车把上，宋樾站在她身后，几乎将她整个人圈在怀中，见她老实后才松开捂着她眼睛的手，双手落在她手边，推着车慢悠悠地往前走。

阿九看着他的手指，悄悄用食指勾了勾他手背，故意说："四只手推一个购物车，浪不浪费？"

宋樾反问："浪费吗？"

"不浪费吗？"

"哦。"他将下颌搁在她发顶，轻轻蹭了下，舒服地眯了下眼睛，"那就浪费吧。"

大三暑假的时候，阿九和宋樾作为同一支队伍的队友去 B 市参加新竞赛的决赛。阿九从没想过竞争队伍的队长对她有好感，更没想到他们的那位女副队长同样对宋樾有好感。

这还是她的队友悄悄告诉她的。

队友说："你别不信，你看看今天晚上吃完饭他们会不会找你和宋樾单独聊天，明年开始我们就不会参加比赛了，今晚要是不说，以后大家就再也没机会见面了，所以我肯定他们为了不留下遗憾会找你们聊一聊。"

阿九揣了一肚子的疑问，一顿饭吃得有些食不知味。等各自准备分别时，阿九果然听见对面的男队长和女副队长喊住她和宋樾。

阿九心情复杂地看了眼自己的队友，队友对她露出一个"果然不出我所料"的微笑。

五分钟后。

宋樾握住阿九的手坐上车，一路无言。

和阿九透露小秘密的那位队友本想找机会问问阿九什么情况，却一直找不到机会插嘴，甚至进了酒店也只能眼睁睁看着自家队长姿态淡然地进了阿九的房间。

作为过来人的领队挥了挥手说："散了吧散了吧，大家都快点回去休息，明天还要赶早班机回去。"

一门之隔的房间里，被熟悉气息笼罩的阿九迷迷糊糊地碰到身前人的口袋，硬邦邦的，她下意识地摸了摸，是个有棱有角的盒子，身体顿时僵住。

好不容易有喘息时间，她努力往后仰，睁大眼睛看着他，带着点颤音地问他："你、你什么时候去买的？"

宋樾摁住她的后颈，毫不费力地将她摁回来，低头在她潮湿的嘴唇上咬了两口，含混地答："比完赛回来的时候就买好了。"

阿九憋了会儿气，说："酒店里有啊，你干吗还要买？"

谁知道酒店里能不能用？

宋樾没回答她，额头抵着她的，黑眸紧紧盯着她，嗓音沙哑："怎么说的？"

他应该和她一样，都遇到了最后的分别表白，本来不是什么大事，但阿九一直都知道他醋劲特别大，非常非常大，连纸片人的醋都吃，更别说真人了。

其实对方只是正常地表达了欣赏，最后还祝福她和宋樾幸福。

你来我往地互相折腾了会儿，她去洗澡前问他要不要一起。

宋樾似乎心情还不错，黑眸清亮，懒懒地支着双手坐在床边，周身散发着漫不经心的气息，就这么随意地瞧着她。

闻言，他微微歪了下头，嗓音低了些："你想在浴室？"

阿九："……"

阿九当着他的面用力把门摔上。

第二天一早，队友去敲隔壁阿九的门，发现来开门的竟然是宋樾。

队友愣了会儿，"呃"了半天，后知后觉地蹦出一句："你今天起这么早啊？"

宋樾起床迟是公认的，一般都是阿九早起去喊他起床，他们很少见到宋樾起这么早。

队友刚说完这句话又想起来另一件事，补充道："不好意思啊，我好像敲错房间了，我本来想找阿九的。"说完抬头看了眼房间号，傻眼，没走错房间啊，随后一脸古怪地打量着宋樾。

　　门内的宋樾神色有些懒散，睡衣干净平整。

　　宋樾撩着眼皮看他一眼，嗓音慵懒："急事？"

　　队友立刻摇头："不急不急，就是跟她说一声别忘了今天回去，八点的飞机，让她顺便喊你起床，不过既然你已经醒了好像也没什么要说的了……"

　　说着，他目光闪烁地瞄向宋樾，若有所思。

　　静了两秒钟后，他连忙找了个借口就想遁走，却被宋樾开口喊住，疑惑地回过头。

　　阿九迷糊中听见有说话声，声音很低很短暂，好像只是一转眼的时间就没了。

　　她想睁开眼看看是谁在说话，可实在太累了，像是通宵熬夜到凌晨六点才睡着，然后七点就被人喊醒，根本睁不开眼。

　　等她一觉彻底睡醒时已经九点四十分了，她抱着被子躺在床上发呆，昨晚的回忆一点点钻进脑子里。

　　宋樾亲眼看着她一寸一寸地把被子往上拉，遮住半张脸，最后遮住整个脑袋，他俯身过去把她连人带被子一块儿抱进怀里，笑声穿透被子传进她发红的耳中。

　　"这么盖着被子不会闷吗？"

　　过了几秒钟，被子里的人才不满地说："明明看见你的脸才更闷。"

　　"你昨晚不是这么说的。"

阿九置若罔闻。

蒙在头上的被子被人一下下地扯动，力气不大，倒像是逗猫玩的小动作。

他离得很近，就这么不轻不重地把她连人带被子抱在怀里，瘦长干净的手指时不时地扯两下她头上的被子，看着她蜷得更厉害，他忍不住地笑。

阿九恼极了，勉强从被子下面拱出一只脚踹他，反被他轻轻松松单腿钳制，她不服气地再伸出一只脚，最后两只脚都被他慢悠悠地勾出去，再也缩不回去。

参赛队伍早上八点准时坐飞机回 A 市，宋樾和之前的那位队友提前说过他和阿九会晚点走，让他们先回去。

而宋樾老家就在 B 市，他家里的长辈们都在 B 市。

在阿九还没注意到的时候，宋家各位已经全体出动，以宋樾和阿九为中心，百米之内藏了十几个宋家人。

远在国外的宋父宋母在家族群里看到其他人发的一大堆情侣合照，忍不住发言："我儿子和儿媳简直天生一对！"

"他们站在一起就是金童玉女啊。"

"金童玉女不是这样用的吧……"

"郎才女貌才对。"

"我的天哪，儿媳妇真是太可爱了，我竟然已经两年没看见儿媳妇了！”

“你也两年没见到你儿子了。”

“我的小九啊，妈妈明天就来见你。”

宋家其他人：“……”

宋樾有这样不靠谱的爸妈还能安稳活到现在，他们真得好好感谢谢青絮。

阿九在完全不知情的情况下被宋家人看了一整天，晚上回到酒店后服务员给她换了间套房，她拿着新的房卡一脸蒙。

服务员客客气气地解释：“我们老先生特地吩咐为您换的新房间，您看看环境怎么样，要是不喜欢我们再调整一下，这里还有几间房空着是预备留给您的。”

阿九：“？？？”

阿九怀疑自己是不是遇见偶像剧里那种“其实我亲生父母是全球首富”的离谱剧情。

她把这个想法小声和宋樾说了，他笑了下：“有福同享，有难同当啊，到时候你准备花多少钱养我？”

阿九开始胡说：“一个月一百万吧。”

宋樾皱眉：“我这么便宜？”

“一百万还便宜？两个月都够在二线城市买套两室一厅了。”阿九假装开始计划，“那我还不如去投资买套房，固定资产以后说不定还能升值。”

宋樾赞同："金屋藏娇？我愿意。"

阿九："你真是一点都不介意。"

宋樾替她收下房卡，轻笑："我求之不得。"

服务员再次客客气气地说："老先生说，这几日少爷不能和楚小姐住一间房。"

这次阿九注意到"少爷"和"老先生"两个词，后知后觉地才想起来宋樾家境殷实。

自从知道宋家长辈都在 B 市，阿九不止一次问过宋樾要不要去拜访一下他的长辈。

宋樾不以为意："不用那么麻烦，他们早就见过你了。"

阿九震惊，第一反应不是"什么时候的事"，而是"我的表现是不是很差，长辈们会不会不喜欢我"。

宋樾被她下意识的反应逗笑了，笑完才将她抱进怀里，仔细地亲吻她的眼睛、鼻尖、脸颊。

"很早之前就看过你了。"

"我在 B 市过年和你视频电话时他们就在后面偷看。"

"给你带的礼物除了我的，还有他们的。"

"每次来 B 市，他们都会悄悄来看你，之所以没有露面是怕人太多会吓到你。"

"他们都很喜欢你。"

"我也是。"

"我最喜欢你。"

"只喜欢你。"

番外二　婚后生活

-BUNENGHEBIERENTANLIANAI-

1. 关于结婚

结婚后阿九和宋樾经常吵架，但也只是斗嘴那种。

真要按照吵架的定义来说的话，他们几乎吵不起来，因为宋樾太宠阿九了，哪怕他嘴上不愿听阿九的，身体却总是不由自主地偏向她。

他们唯一一次算得上吵架的，大概是某次看电视剧，电视剧男主角未定，一个是青梅竹马，一个是"邂逅"。

这部电视剧和以往的都不一样，提前拍了两个结局，按照网上投票选出最终结局。

阿九投了"邂逅"，宋樾投了青梅竹马。

阿九根本不觉得这事值得他们吵架，但显然宋樾不这么想，这是他唯一一次不肯让步，坚持投票给青梅竹马。

宋樾从来不会关注娱乐新闻，更别说每天追剧后投票，这是他唯一一次破例，有时候阿九都忘了还有投票的事，他也不会落下任何一次投票。

男主角票数相差不大，谁都不能保证最后花落谁家。

大结局这天投票截止，青梅竹马以一票之差输了，电视剧大结局女主最终没和"青梅竹马"在一起。

阿九和宋樾一块儿看的大结局，看到最后女主角接吻时她心跳加速，转头就看见宋樾毫无表情的一张脸。

"……只是一部电视剧而已。"阿九抱抱他，"不要太往心里去，笑一笑嘛，以后说不定还会把另一个结局放出来呢？"

宋樾看着电视。

两个结局算怎么回事？女主角一颗心装了两个人？更何况看第一个结局的观众更多。

不管怎么说，在爱情这场战争里，阳光善良的青梅竹马已经彻彻底底地失败了。

宋樾没说话，浓黑的眼睛毫无生气地盯了她片刻，在她被看得有些发毛时，缓缓地吐出几个字："你还是喜欢'邂逅'？"

阿九："这……"

宋樾幽幽地说："你不喜欢青梅竹马。"

阿九试图解释："也不是不喜欢……"

宋樾已经听不进去她的解释了，深深地陷入自我怀疑的世界中。

阿九眼睁睁看着他自言自语地起身，神情阴沉地把自己关进书房，整个人都蒙了。

他怎么会这么在意？

接下来几天，宋樾每天都在书房睡，哪怕阿九抱着枕头去书房找他，他也只会把她抱回卧室再转身回书房反锁门。

独守空房的阿九简直要抓狂。

某天，宋樾下班回来，刚进门就被提前下班的阿九推到门上强吻，第一次没亲到他，勉强只碰到他的下颌。

感觉到贴过来的柔软身体和熟悉的气息，他眸色变得极深，浓郁的黑色弥漫在眼底，克制不住疯狂翻涌，几乎要吞灭她。

他双手死死扣住她的腰，费了点力气才舍得松开她，脸上依旧是冷冷的自我厌弃。

阿九直接化身八爪鱼挂到他身上，在他不得不伸手托住她身体时抬手捧住他的脸，亲吻他紧抿的唇，焦急地试图探入。

半晌，他终于泄气般放弃挣扎，选择就此沉沦。

结束之后阿九伏在他胸口，把脑袋埋在他微湿的肩窝中，小声说："你还要为'邂逅'和青梅竹马和我吵架吗？"

宋樾将手指插入她湿润的发中，慢慢地顺着她的发，声音低沉沙哑："没有和你吵架。"

"你还说没有吵架？晚上都不回房睡觉，非要一个人在书房睡，还不准我去找你，你就是想跟我冷战。"

被噎了一下的宋樾无话可说。

不是不想和她一起睡，明明都想疯了，但只要一想到她坚定地选择"邂逅"的态度，他就会忍不住假设，万一在现实里出现了这个人，她会选谁。

阿九不知道他究竟在矛盾什么，只知道他肯定是在为了她的选择而郁闷，这几天她也仔细想过了，他们是青梅竹马，从小到大顺顺利利，她没有选择青梅竹马确实不太好，但是……

"因为'邂逅'和你很像啊。"阿九捧着他的脸，认真地告诉他，"你爱睡觉，电视剧里的'他'也爱睡觉。你爱吃鱼，'他'也爱吃鱼。你爱逗我玩，'他'也爱逗女主玩。你长得好看，电视剧里的'他'也比青梅竹马好看——当然都没有你好看。"

宋樾轻轻眨了下眼。

"虽然我知道青梅竹马也很好，但是电视剧里的青梅竹马和你一点也不像，他像个温暖所有人的小太阳，可是你却像一轮只让我触碰的月亮。"她低下头，亲昵地蹭蹭他鼻尖，嗓音柔软，"所以，就算你现在再让我选一次，我还是会选'邂逅'。"

从头到尾，她选择的其实一直都是他。

2. 关于喝醉

周不醒："想不想看你老公喝醉什么样？"

阿九收到这条消息时正和云渺几人在火锅店等号，这会儿才晚上八点多，假期火锅店人有点多，本来想着这个点人应该会少些，没想到这家店生意太好，前面还有十几个排队等号的。

"请233号就座。"火锅店传来喊号声。

距离她们的249号还远着呢，阿九看了眼微信消息，把手里写有号码的纸给云渺，低头回消息。

阿九："我会没见过我老公喝醉的样子？"

周不醒回了个省略号，阿九面不改色继续打字。

阿九："是的，我没见过。"

阿九："所以，定位发我一下。"

她要立刻、马上过去亲眼瞧瞧她老公喝醉是什么样儿。

阿九的确没见过宋樾喝醉的样子，倒不是他酒量好，而是他很少喝酒，大概是她以前喝醉过好几次，在他面前暴露过一些可怕的属性，以至于他对酒这种东西敬而远之，只有和她一起待在家时才偶尔尝几口，可尝几口又不可能醉。至今，阿九都没见过宋樾喝醉是个什么样儿。

　　和云渺几人打了招呼后她便准备去找宋樾，谁知道云渺也来了兴致，至于火锅？哪有看宋樾喝醉有趣？

　　阿九回忆着自己以前喝醉的样子——那是绝对不会想被人拍照留念当作黑历史的。

　　但这次可是宋樾欸。

　　于是阿九心虚地摸了摸鼻子，选择性忘记这回事。

　　二十分钟后，阿九和小伙伴们按照周不醒发的定位推开了包厢门。

　　里面的人齐齐看过来。

　　大概八九个人，都是些年轻男人，有几个是熟人，还有几个不认识，应该是宋樾和周不醒新认识的朋友。

　　阿九和里面的人打了声招呼，坐在沙发边缘的周不醒赶紧朝她招了招手。

　　"人在这儿，专门给你留着呢。"

　　坐在周不醒旁边穿着黑色休闲衬衫的男人似乎是觉得他话太多，微微侧了下身子，蹙眉，不耐烦地瞥了他一眼。

　　包厢里并不混乱，可能是有人收拾过，连空酒瓶都是整整齐齐码好放在一边，完全看不出来这是男人之间的聚会。

　　阿九看向宋樾。

　　天花板上的光线花里胡哨，彩虹灯闪烁着打到他轮廓分明的侧脸，一半陷入深深浅浅的阴影，一半映着五颜六色的光斑。

或许真是喝多了，他的反应有点慢吞吞的，直到阿九走进门他才缓慢地偏过头朝她看过去。

彩虹色的光线刷过他微抬的长睫，漆黑瞳仁闪过一瞬的光。

几秒钟的时间，应当是认出了她，还没等她走到他面前，他便朝她伸出手，没说话，就这么直勾勾地看着她。

云渺几人已经打开摄像机准备记录接下来的画面。

周不醒见某人家属终于来了，急忙起身，唠唠叨叨道："你老公喝醉和没喝醉感觉差不多，要不是他非要把空酒瓶全挨个摆好我都没看出来他喝醉了。"

阿九有些诧异，原来包厢里那些整整齐齐码好的酒瓶是宋樾搞出来的！

周不醒看出来她的意思，坏笑："他说……"就说了两个字，随后憋了笑，"你自己问阿月。"

宋樾没说话，一直在看着面前的阿九，从看见她之后连眼睛都没眨一下，神态平静，根本不像是个喝醉的人，随后朝她伸出手。

阿九觉得周不醒又想看戏了，但她也挺想看看宋樾的反应，于是她便伸手握住他伸出来的手，试探性开口道："阿月，我是谁？"

他盯着她看，看得她都怀疑他是不是不认识她了！他自然是认得她的，哪怕喝醉了也不会认错人。

"阿月？"她用手指轻轻推了推他无意识摩挲她手背的手。

他低了下眼，嘴角弯起一个细微的弧度，又抬起眼，直视着她，字正腔圆地答道："老婆。"

阿九："……"

糟、糟糕了，心率过快。

结婚两个月，他很少在这么多人面前喊她"老婆"，以往都是在夜里或是惹她生气了才会这样喊她。

阿九的耳朵红了起来，像两颗刚采摘的樱桃。

她努力忽视旁边的多道视线，转移注意似的，匆忙指了指桌面上和桌底下摆着的空酒瓶："你、你为什么要把酒瓶都摆整齐？"

他眨了下眼，表情懒散，语气随意，像是没喝醉，但说出的话显然不是他清醒的时候能说出来的。

"不能让酒瓶绊倒我老婆。"

包厢里突然安静下来。

阿九："……"

不知谁猛吸了口气，打破了这短暂的寂静，接着有人开始笑，大声笑，笑声此起彼伏。

阿九被笑得耳朵都红了，捏着宋樾的手，回头去看云渺几人，她们笑得东倒西歪却还在录像。

"看出来你们恩爱了，但你们也用不着这么恩爱吧！哈哈哈哈！"

"你老公喝醉还记得不能让你被酒瓶绊倒，老实交代，你以前喝醉的时候是不是被绊倒好多次？"

阿九："……"

阿九有点恼，她们本想录宋樾的黑历史，结果怎么录来录去好像还是关于她的？

下一秒，她的下颌被人捏住，脸被转回去，正对着眼前这个一不小心就抖露了她黑历史的罪魁祸首。

他好像清醒过来了，又好像还醉着，目不转睛地注视着她，眼尾微微耷下，嗓音低沉。

"看、我。"他一字一顿地说。

阿九蒙了下。

他拇指摩挲了两下她的下颌，借着酒劲开始翻旧账。

"我出差回来，你和她们逛街、吃火锅，不理我。"

阿九："我什么时候不理你了？昨天你出差回来，我不是还特地和你看了场电影吗？"

"电影不好看。"他皱眉。

阿九有点想笑："哦，那下次换部电影。"

他没理她，自顾自地说："你好看。"

说完，他低头在她唇上亲了一下。

阿九："……"

其他人："……"

真是受不了，这时候还要被迫看他俩秀恩爱！

周不醒憋笑，拿手机拍照的手都在颤抖，一不小心手机掉地上，正好砸到宋樾脚边。

这下子把宋樾的注意力转移了。

"周不醒。"他缓慢开口。

周不醒对上他淡然的眼神，莫名地心里"咯噔"一声。

宋樾慢条斯理地说："你笑什么？你又没有老婆。"

周不醒："单身就不能笑了吗！"他转头对满脸通红的阿九吐槽："看见了吧？你来之前他就是这样人身攻击我们单身人士的，半个小时啊，整整半小时啊！结婚了不起吗？啊？结婚了不起吗！"

阿九无话可说，她是真的没想到喝醉的宋樾会是这副三句话离不开老婆，也没办法替宋樾狡辩。

宋樾显然听见了周不醒的抱怨，冷冷瞥他："结婚确实了不起，不服气你也结个婚。"

周不醒："……"我服了。

门口的几个女生笑得花枝乱颤，手机镜头都是晃的。

宋樾注意到她们手里拿着的手机，攥住阿九的手，一声不吭把她拽进怀里，眉眼轻抬，不分男女地开始嘲讽："你们没有老婆吗？拍别人的老婆！"

几个女生拿手机的手一抖。

好家伙，这完全是全面覆盖的，根本不分性别。

阿九深深吸了口气，紧紧握住宋樾的手，在他低垂眼睫看过来时咬牙切齿地命令："闭嘴。"

宋樾愣了下，花了几秒钟才反应过来她的意思，眉头微微一皱，唇角轻动，刚要说话忽然想到她方才的话，抿了下唇。

阿九被他的目光看得头皮发麻，也顾不上其他人的调侃，连忙把他拉起来，和包厢里其他人打了声招呼便将喝醉的某人塞进了车里。

没想到宋樾喝醉是这个样子。

然而直到进了家门，他都没有开口说一个字。

阿九以为他喝醉就是这样，瞅着他这副模样莫名地想笑。

已经快十点了。

阿九找了些衣服，把他推去浴室，关门之前问他："可以自己洗澡吗？"

他背对着她，一声不吭。

她又问："宋樾，可以自己洗澡吗？"

他还是没理她，自顾自开水龙头，水流从花洒倾泻而下，打湿了他右手的衬衫，湿润布料下的手臂线条清晰分明。

阿九看着他修长挺拔的背影，心跳加速，停顿几秒，小声开口：

"老公？"

他突然转过身，目光灼灼地盯着她，花洒流下的水幕隐约挡住他眼底流淌的锋芒。

阿九感觉嗓子有点干，眼见着他衬衫都快淋湿了才急忙丢下句："那你先洗，我去外面等你。"

说完，退出，关上门。

背对着浴室门，她抬手往脸上扇了会儿风，感觉差不多了才拿起手机，微信几十条新消息，都是朋友发来的视频。

明天一定要让宋樾看看他今天晚上都干了些什么事。阿九面无表情地想。

宋樾洗完澡出来时阿九正在泡蜂蜜水，他几乎没有脚步声，阿九一转身险些撞进他怀里，幸好装蜂蜜水的杯子是有盖子的，蜂蜜水没洒出来。

阿九抬起头，瞪他："你怎么走路都没声音……"

没说完的话停在嘴边，注意到宋樾头发还在滴水时，阿九无奈地叹了口气，碎碎念道："你只是喝醉了，连头发都不记得吹吗？"

他没说话。

她把装着蜂蜜水的杯子塞他手里，拉着他朝卧室走："回去吹头发，湿着头发睡觉，你明天也想头痛一整天吗？"

喝醉过好几次的阿九非常清楚宿醉第二日的痛苦，尽管每次她都会在心里发誓下次绝对不会喝醉，但下次永远只是下次。

宋樾一直没说话，沉默着喝完蜂蜜水，看着她一点点吹干他湿润的短发。

吹风机停下，卧室里便只剩下两人细微的呼吸声，阿九终于察觉到哪里不对劲，忍不住问："你怎么不说话了？"

他面无表情，过了会儿才答："你让我闭嘴。"

阿九："……"所以你就沉默到现在？

她实在是无话可说，有点想笑。

喝醉的宋樾让她感到新奇，而且他不会像她喝醉那样胡闹，他的思维清晰，唯一和平时不同的是，喝醉的他非常诚实，并且表达爱意时更加露骨。

"阿月，今天为什么突然喝醉了？"她把他按在床上，开始逗他，"以前都不喜欢喝酒的，今天怎么喝了这么多？喝了多少？"

他拧眉沉思片刻，缓缓答："忘了。"

反正，周不醒给他递酒他就喝。

而后他抬起眼，把眼前的人抱进怀里，蹭了蹭之后才音调平缓地说："不喜欢你和别人出去。"

"就这样？"

"出差的时候，你没有想我。"

"啊？怎么会没有想你？"她迷茫。

他想起什么，冷笑："你挂我视频，没对我说晚安。"

阿九："……"

她仔细回忆了一下前几天的视频电话，当时的情况比较复杂，因为她打视频电话的时候他刚洗完澡，穿的衣服有些随意，她怕看多了会心浮气躁，便趁着还能控制住时挂断视频，忘了说晚安。

谁知道他能想这么多？

阿九更加想笑了，但她没有解释，还想看他能说出什么话。

"所以你一生气就和周不醒他们出去喝酒了？"

他没有否认："你们逛街的地方离周不醒他们吃饭的地方近。"

"嗯？"

"等你逛完街，我去接你。"他解释。

她愣了愣，随后忍俊不禁："但今天反而是你喝醉了，我送你回家的。"

他不以为意："老婆送我回家，有什么问题吗？"

好像是没有什么问题。阿九竟然被他绕进去了，等反应过来时他已经朝她伸手。

阿九吸了口气，瞪大眼："我还没洗澡！"

他寻到她的气息，吻下去："我洗过了。"

你洗过了关我什么事？！阿九简直要被他喝醉后的逻辑给气死。

第二天一早，阿九醒过来时身边已经空了。

她有点头疼，坐起来缓了会儿，换了套衣服，出来时，还是没看见宋樾的身影，她拿出手机想打电话问他去哪儿了。

微信又出现十几条新消息，大多是朋友问她宋樾清醒后什么反应。

阿九也想知道他什么反应。

五分钟后，宋樾外出回来了。

阿九正坐在沙发上等他，听见开门的动静立刻站了起来，笑吟吟地看向门口。

宋樾平静地关上门，将钥匙放到鞋柜上，走到她面前。

"饿了没？"

"那倒不饿。"她说，"你还记得昨晚发生的事吗？"

他若无其事地"嗯"了声。

阿九觉得他实在太平静了，狐疑道："你真的记得？"

他脱下外套，将早餐放到茶几上，随手拿起一个橘子剥开，眼皮都没抬一下："记得。"

"那你把你昨天干的事重复一遍。"她双手环胸，好整以暇。

"老婆。"

"嗯？"她下意识地应了声。

他把橘子塞她嘴里，眼底含笑："我有老婆，周不醒没有老婆。"

阿九："……"这人看起来完全没觉得昨晚喝醉的样子丢人啊。

"你看过昨天的视频了吗？"她提醒。

"周不醒一大早就把视频发给我了。"他漫不经心地掀开牛奶瓶盖子。

"你没反应？"

"我应该有什么反应？"他反问。

她眨巴着眼。

"你不觉得你昨天很……"她思索，"很嚣张吗？"

他懒洋洋地笑了声："我说的不是事实？"

阿九被橘子噎了下，他说的确实没错，但总觉得要是周不醒他们知道他是这个反应，一定会气得更厉害。

良久，她深深叹了口气。

"算了。"她喝着他递来的牛奶，"谁让你是我老公呢。"

宋樾看她一眼，眼底隐有笑意。

阿九咽下嘴里的牛奶，朝他笑起来，眉眼弯弯。

"下午要去逛街吗？逛完街再去吃火锅，昨天因为要去接你，我和渺渺她们都没吃成火锅。"

他没说话，微抬了下手，拇指指腹不紧不慢地擦干净她唇角沾到的牛奶。

"今天不和她们一起去了？"

阿九瞥他："醋劲还挺大，好酸喏。"

他没否认。

她停顿了一下，拗不过似的，叹气回答道："今天只陪你。"

- 全文完 -